Señorita México

Seix Barral

Enrique Serna
Señorita México

© 2000, Enrique Serna
Derechos reservados

© 2000, 2009, Editorial Planeta Mexicana, S.A. de C.V.
Bajo el sello editorial SEIX BARRAL
Avenida Presidente Masarik núm. 111, 2°. piso
Colonia Chapultepec Morales,
C.P. 11570 México, D.F.
www.editorialplaneta.com.mx

Adaptación de portada: Factor 02/Paulina Olguín

Primera edición en Narrativa Planeta: septiembre de 2000
Primera edición en colección booket: septiembre de 2005
Primera edición en Narrativa Seix Barral: Octubre de 2009

ISBN: 978-607-07-0265-5

Ninguna parte de esta publicación, incluido el diseño de la portada, puede ser reproducida, almacenada o transmitida en manera alguna ni por ningún medio, sin permiso previo del editor.

Impreso en los talleres de Litográfica Ingramex, S.A. de C.V.
Centeno núm. 162, colonia Granjas Esmeralda, México, D.F.
Impreso y hecho en México - *Printed and made in Mexico*

A mis padres,
Rosa Rodríguez Borrás *(in memoriam)*
y Ricardo Serna Rivera

I

ASÍ TERMINÓ EL TIEMPO de Selene. Después de la somnolencia y el vértigo quedó envuelta en una oscuridad espesa, vacía de contornos y formas. Poco antes del apagón, cuando arañaba los puntos suspensivos de la muerte, alucinó que una boca inmensa llenaba la recámara de vaho y recordó que de niña echaba el aliento en las ventanas para ver el mundo de otro modo. Sólo que entonces podía recuperar la transparencia pasando el dedo por el vidrio, y ahora, por más que agitó los brazos, no logró borrar la malla húmeda que deformaba el paisaje: su manoteo desdibujó las siluetas de las sillas y el enorme cartel publicitario donde anunciaba, joven aún, "la ropa íntima que las triunfadoras prefieren". Mientras las pupilas le respondieron, cada parpadeo fue un apretón de manos o un abrazo de despedida. El desfile de imágenes terminó con el suave martillazo que la privó de la vista y le impidió seguir sentada. Su primo Arturo le ofreció casarse con ella in *articulo mortis,* pero Selene notó que al darle la espalda se reía socarronamente, como si le divirtiera verla tan vieja y abotagada. El adiós de su madre fue todavía más cruel. Nunca pudo convencerla de que se acercara a la cama: "Ven, Catalina, perdóname por favor", le rogó, pero ella se quedó quieta en su mecedora, apretando con las manos un peine de carey, ansiosa de que su niña terminara pronto y la encerrara de nuevo entre las hojas polvorientas del álbum.

Recorría las páginas aprisa, deteniéndose sólo cuando alguno de los convocados le hacía un guiño de complicidad. Antes de morirse le habría gustado platicar con Agueda, su decente y juicioso ángel de la guarda, pero ya no le quedaba tiempo para oír sermones; tuvo que dar vuelta a la hoja y saludar con el último estertor a su grisáceo cuñado, que sonreía con Agueda del brazo en una excursión al Popo, satisfecho de su deslavada felicidad. En la página siguiente, Rodolfo y su recuerdo le avivaron un viejo deseo de venganza, pero aun odiándolo reconoció que se veía guapísimo en traje de baño: era un canalla, pero un canalla con cuerpo de atleta, el canalla que le correspondía por justicia biológica. Baltasar, en cambio, tenía una personalidad de insecto que había quedado fielmente plasmada en su foto de bodas. Tropezó con él al abrir el álbum y la insignificancia de su figura le produjo un espasmo de cólera. ¿Cómo pudo casarse con algo así? ¿Qué hacía ella, Selene Sepúlveda, abrazada con ese pigmeo de nariz aplastada, bigote ralo y hombros caídos? Al fin entendía por qué, cuando vivía con él, soñaba que dormía con un saco de harina. Sólo para torturarse miraba de soslayo el otro álbum, el del viaje a Europa: al verse despedida en el aeropuerto por un enjambre de fotógrafos, escoltada en Bruselas por dos campeones de natación, rodeada de niños en el Corte Inglés de Valencia, tuvo la revanchista ocurrencia de quemar a su ex marido, aunque fuera en efigie. Eran fotos de la misma vida, pero no de la misma mujer. Esa morena cosmopolita, representante de la belleza mexicana en el extranjero, esa flamante mariposa de ojos verdes no pudo haber surgido de la oruga cohibida y desaliñada que se creía en la gloria por llevar un remendado vestido de novia. Lo más humillante de la foto era la dedicatoria de Baltasar, que delataba su espeluznante mediocridad: *A Selene, la futura dueña de mis quincenas.*

Apuró de un trago el vaso de vermut que se había servido con impaciencia, temiendo que se le acabara la botella antes que la vida. Era la cuarta copa desde que abrió las llaves de la estufa. Un mareo delicioso la envolvió con las primeras inhalaciones, pero los efectos del gas eran tan paulatinos que cualquiera con menos fuerza de voluntad se habría salvado justificando su cobardía con reflexiones optimistas de última hora. Cuando se cansó de caminar por el departamento con el vaso en la mano hizo las llamadas telefónicas. No quería pedir auxilio, sólo escuchar ciertas voces por última vez, con la esperanza de que sus ecos la acompañaran al otro mundo. Bueno, bueno, bueno, ¿quién habla?... y después el zumbido. Muchos no contestaron. "Es de mala educación no estar en casa cuando una suicida llama para despedirse", pensaba, improvisando frases de humor negro que le sonaban falsas, pues ahora veía claro que jamás había entendido el humor de los demás. ¿De qué se reía la gente si todo era tan horrible? Su risa era un reflejo imitativo: la traía puesta en la cara desde que ganó el concurso, como parte de un disfraz que se le había pegado a la piel.

A las seis de la tarde, por la Calzada Ignacio Zaragoza pasaba una larga fila de camiones que se dirigían a Puebla o a Veracruz, cargados de cemento, gallinas, pasajeros, petróleo. Abrió la ventana para contemplar la parsimonia de los obreros que cruzaban la calle despacio, sin miedo a ser atropellados, y la vinatería profusamente iluminada donde una teporocha se había acostado a dormir la mona. Se dispuso a ver la ciudad por última vez después de borronear varias notas con el tradicional "no se culpe a nadie". Entonces tuvo una crisis de arrepentimiento y se levantó decidida a romper la ventana. Estuvo a punto de quebrarla, pero el espectáculo abrumador del Distrito Federal en el crepúsculo, con las antenas de televisión apuñalando el cielo y el horizonte cerrado por un telón de humo, la convenció de que sería mejor detener el golpe y resignarse a la muerte. Redactó veinte últimos adioses —ninguno completo— que le produjeron un morboso placer mientras escribía. Unos fueron desechados por su mala letra, la mayoría porque tenían un tono de reproche contra Iris que los reporteros de *Alarma* —estaba segura de atraerlos con el escándalo— habrían aprovechado para un encabezado sensacionalista que no deseaba facilitarles. Ya fuera por la concentración que puso al escribirlos, o porque el gas comenzara a hacer sus efectos, el hecho es que no volvió a escuchar la canción que había recrudecido su tristeza desde que llegó al departamento con el semanario *Farándula* bajo el brazo.

Lo primero que se le ocurrió al releer la entrevista, antes de soltarse a llorar, fue oír *Perdóname mi vida* con Alberto Vázquez. Puso el disco más de quince veces y cantó en voz baja como si se pidiera perdón a sí misma por haberse convertido en una gorda pretenciosa y cursi de la que podía burlarse cualquiera. El disco era viejísimo. Hacía diez años que no lo escuchaba, pero lo había conservado en todas las mudanzas como una de sus pertenencias más entrañables. La letra era indescifrable, la música se había convertido en ruido. Y esas rayaduras, esos saltos mortales de la canción, eran como la versión auditiva de sus fracasos, de los tumbos que había dado en su carrera hacia el abandono y la ruina.

Cuando Iris volviera de su gira tendría por lo menos una semana de muerta. La encontraría tiesa, hinchada sobre la cama donde habían atemperado su soledad en los últimos años. El hedor sería insoportable no sólo por el gas concentrado, sino por la descomposición del cuerpazo que en otro tiempo había enriquecido el patrimonio erótico nacional. En el banco tenía dinero suficiente para que Iris le hiciera un entierro decoroso y publicara una esquela en *Excélsior*. Confiaba en que no se le ocurriría llamar a los Sepúlveda, porque sería capaz de resucitar con tal de impedirlo. No quería oír desde el ataúd sus lamentos de compasión. Sabía que Iris le guardaría luto. Durante un año saldría en bikini negro a la pista del Faraón. Y el animador del show, en el tono solemne de las grandes ocasiones, improvisaría un discurso conmovedor, con el chapuzón de los hielos y el golpeteo de los vasos en la barra como fondo de sus palabras: "Selene no ha muerto, vive en el corazón del público que noche a noche le brindó su aplauso...". Y ese público noble, que cada noche le gritaba mamacita, pelos, enséñame a King Kong, guardaría un minuto de silencio en memoria suya, un minuto de cuarenta segundos que terminaría con un eructo liberador.

Esperaba que no fuera necesaria la autopsia, pues odiaba la idea de que la llevaran a la plancha sin estar muerta del todo y al abrir los ojos encontrara sus vísceras al aire, expuestas al dictamen estético del forense, que las observaría con el mismo criterio exigente de los jueces que habían calificado sus piernas el día del certamen: "De páncreas está buenísima, pero el hígado se pasa de las medidas reglamentarias".

Si alguien la hubiera visto subir la escalera del edificio, habría notado en sus pasos el abatimiento de los que van al patíbulo. Al cerrar la puerta se dirigió a la cocina sucia, repleta de trastos que llevaban veinte días en el fregadero. Apagó los pilotos de un soplo y se sirvió el primer vermut en las rocas pensando que una borrachera le suavizaría el tránsito a la chingada. Enseguida cerró las ventanas y tapó con jergas y trapos la base de la puerta para que su asesino no pudiera escapar.

Leyó su sentencia de muerte en el asiento trasero del taxi, alzando la vista sólo para indicarle al chofer las calles donde tenía que dar vuelta. No alcanzaba a comprender qué daño le había hecho al reportero de *Farándula,* que con el pretexto de la entrevista se había tomado sus botellas de whisky. Le ofreció la bebida pensando que le convenía quedar bien con la prensa para tener publicidad gratuita. Ahora se reprochaba no haber adivinado las intenciones del periodista y recordaba que desde su primera visita había dado señales de mala fe, como aquel comentario sobre la extrañeza que le había causado encontrarla en un departamento de Calzada Zaragoza, cuando las demás ex señoritas vivían en lujosas mansiones del Pedregal o Las Lomas. Y ella: "Pues ya ve, así es una, es cosa de mi carácter, me gustan los lugares apartados, tranquilos", y otras sandeces que se le habían ocurrido para justificarse, como si un departamentucho en la zona más contaminada y ruidosa de la ciudad pudiera convertirse por arte de magia en una casa de campo. El reportero había falseado todas sus declaraciones. Daba excesiva importancia a los aspectos negativos de su vida y exageraba la fealdad del edificio. Ni un solo comentario acerca de su trayectoria en el cine o el posible contrato en Las Vegas. Y qué mala leche la de retratar el Faraón de Nativitas con un perro meándose en la banqueta. Y qué poca madre la de publicar a un cuarto de plana el *close up* de sus nalgas con celulitis. Ninguna de las fotos de estudio había salido en el reportaje, sólo las que le tomaron en la entrevista con un vestido que no le favorecía. En el ángulo inferior derecho de la portada una foto reciente —seleccionada con alevosía— junto a otra de cuando era joven, lo que sumado al irónico pie de foto *(Selene Sepúlveda. ¿Qué fue de ella?)* producía un efecto demoledor.

¿Qué fue de ella? era el título de una sección semanal dedicada a las viejas glorias del certamen Señorita México. La entrevista iba precedida por una cínica introducción lapidaria: *Queridos lectores, en ocasiones anteriores nos hemos complacido en llevar a ustedes buenas nuevas de aquellas chamacas que, hace ya algunos abriles, conquistaron el máximo lauro al que una mujer puede aspirar en nuestro país. Mucho lamentamos que por esta vez no pueda ser así. Nos encontramos ante un caso donde el porvenir venturoso que toda reina de belleza tiene por delante fue cambiado por el despeñadero del vicio y el libertinaje. Quisiéramos decirles que Selene Sepúlveda, quien fuera electa Señorita México en 1966, representando al Distrito Federal, supo sacar de su triunfo los cimientos de una vida noble, digna, sustentada en los altos valores de la familia.* Quisiéramos tenerle menos respeto al público para ocultar la terrible decadencia física y moral en que hemos encontrado a la otrora soberana de nuestras féminas. Pero nuestra ética profesional nos lo impide y habremos de presentar, en toda su crudeza, el drama de una mujer que no pudo resistirse al torbellino de la disipación y se entregó —*a juzgar por su estado actual*— a los más demoledores exce-

sos. Era increíble que el autor de ese prólogo le hubiera asegurado, semanas atrás, que por ella no pasaban los años y que aún tenía facultades para reconquistar el favor de todos los públicos. "Lo importante es que usted se sienta a gusto", le había dicho entonces, ante sus disculpas por la pobreza y la suciedad del departamento. En la entrevista decía todo lo contrario: *Una oscura escalera, en la que a trechos encontramos telarañas y que debemos subir con extremo cuidado, nos conduce al cubil sórdido y deprimente donde vive Selene.* Lo que más la indignaba eran las acotaciones maliciosas que modificaban el sentido de sus respuestas: *"Decidí separarme de Rodolfo Hinojosa porque comprendí que como pareja se había terminado nuestro ciclo amoroso", declara Selene, con aparente seguridad en sí misma, pero hay algo en su mirada que nos permite adivinar las frustraciones y desgarraduras que le ocasionó el divorcio.* De nada le sirvió llamarse feliz y plenamente realizada: el gran hijo de puta lo había tergiversado todo para exhibirla como una piltrafa humana.

Cuando el taxista bajó del auto para calcular la longitud del majestuoso embotellamiento, la indignación de Selene ya se había convertido en autodesprecio. Al fin y al cabo, el reportero se había ajustado a los hechos: era estúpido enfadarse con él porque no la hubiera mostrado bella y triunfante si había comprobado que vivía en un cuchitril y de su hermosura, pisoteada por años de abulia, sólo quedaban algunos vestigios. Como si no bastara con las fotos de *Farándula*, el espejo retrovisor reflejaba su papada colgante, confirmándole que la revista, quizá por primera vez, había dicho la verdad a sus lectores. Aunque era consciente de su deterioro, el trabajo en el Faraón —donde las miradas lascivas de los clientes revaluaban su cuerpo cada noche— y la buena fe de Iris —quien le aseguraba que si adelgazaba un poco se vería mejor que Lucía Méndez— le habían hecho creer que sólo la separaba del estrellato su propia desidia. Al recibir la llamada del reportero pensó que después de veinte años de olvido, por uno de esos caprichos del medio artístico, los reflectores de la fama la iluminaban de nuevo. Pudo haberse negado para quedar a salvo del escarnio y seguir siendo, en el recuerdo de sus antiguos admiradores, la frondosa morena de medidas 94-60-92 cuyas aficiones eran la esgrima, el ballet acuático y la ópera... Pero aceptó, y ahora estaba pagando las consecuencias.

El taxi avanzaba a vuelta de rueda tras un camión materialista donde cuatro albañiles dormitaban sobre sacos de cal. En el carril derecho, una conductora histérica se había quedado pegada al claxon. El chofer se asomaba minuto a minuto por la ventanilla, con la esperanza de ver señales de movimiento a lo lejos. Ahí, en medio de la humeante caravana, Selene decidió que la entrevista fuera su epitafio. El tránsito y el futuro seguían detenidos, pero las demoras terrenales ya no la impacientaban. Tenía cita con una amiga que podía esperarla todo el tiempo del mundo.

Su suerte habría sido distinta si aquella mañana, al salir de la clínica donde le revisaron la matriz, no hubiera pedido en el puesto de revistas el último número de *Farándula*. Disfrutaba las visitas al médico porque tenía una salud de hierro y le gustaba que se lo dijeran: era como escuchar un piropo dirigido al interior de su cuerpo. Por eso, en el trayecto de la casa al consultorio, había conversado animadamente con el taxista, y antes, aguardando que pasara un carro vacío, no sintió la tensión y la asfixia que siempre la oprimían cuando lidiaba con el mundo exterior. Mientras canturreaba en la regadera tuvo un arrebato de optimismo natural y espontáneo: "Yo sé bien que estoy afuera, pero el día en que yo me muera sé que tendrás que llorar", y el chorro de agua le corría entre los senos como un brazo de mar entre dos penínsulas. Para sentirse feliz no necesitaba un motivo claro, le bastaba con haber dormido bien después de tres noches de insomnio. Había despertado sin forcejear con su propia pereza; al abrir los ojos no le quedaba ni sombra de cansancio. Cuando sintió en los párpados el beso de la mañana, Selene creyó entender que la vida le sonreía.

II

Supongo que usted quiere que empecemos desde el principio ¿verdad? ¿Le hablo de cuando era niña? O si quiere comienzo más adelante, con lo del concurso y esas cosas que le pueden interesar más al público, ¿no cree? Ándele, cómo será, deme por lo menos una ayudadita. Yo me sé expresar, pero no crea que soy tan parlanchina. Iris, mi amiga, una muchacha que vive conmigo, ella sí le podría llenar hasta veinte casets. Le da por platicar desde la tina. Yo nomás la oigo mientras me pongo la piyama y ella dice y dice cosas hasta que sale del baño y me encuentra dormida. No vaya a apretar el botón todavía, no quiero que se graben estas babosadas, siquiera déjeme poner en orden las ideas. ¿Seguro que no quiere un cafecito? Pídalo ahora o calle para siempre, porque si me encarrero con los recuerdos luego no voy a poder parar. Es bueno, me lo trae de Córdoba una vecina de aquí junto que cada semana va a ver a sus hijos a la cárcel de allá. Canijos muchachos, con tan buena madre y se fueron a meter en un lío de drogas. Ella me recuerda mucho a mi mamá, fíjese. No de físico, porque no es que yo quiera presumir, pero mi mamá, con todo y que ya pasa de los sesenta, sigue siendo una señora guapa, distinguida. Digo de su carácter... Ora sí apachúrrele, que ya me siento inspirada, como dicen los artistas. Pues yo me crié en un hogar de clase media media ¿sabe? No le voy a decir que fui una consentida ni mucho menos, porque a mi papá no le faltaba dinero, pero tampoco lo tenía de sobra como para cumplirnos cualquier caprichito. Quién sabe, de haber sido hija única a lo mejor sí me hubiera vuelto una niña mimada, insoportable, pero gracias a Dios tenía a mi hermana mayor, a la que sigo queriendo mucho, aunque ya no nos vemos. Desde chiquitas nos enseñaron que debíamos abrirnos paso en la vida por nosotras mismas, que nada nos iba a caer del cielo. Yo tengo una deuda, se lo juro, una enorme deuda con mis padres; a ellos les debo todo lo que tengo porque me dieron una cosa muy importante que es la educación. A ellos y a mi tío Casimiro, el futbolista. Era del Atlante, no sé si usted haya llegado a verlo jugar. Ya sabe cómo son los niños que cuando se pelean les da por meter en sus pleitos a los mayores, ¿no? Pues yo, cuando quería dejar callada a mi vecina Hilda, que era una niña insoportable y envidiosa, le echaba a Supermán o a mi tío Casimiro para que le pusiera en la torre a su papá, a su padrino y a su hermano grande. En esa foto me está cargando, mire. Guapo, ¿verdad?

No me avisaron cuando se murió. Lo quería tanto que mis papás tuvieron miedo de que me fuera a enfermar de tristeza. En la niñez, muchos años suena como toda la eternidad; haga de cuenta que lo di por muerto. Hace poco lo mencionaron en un programa de radio. El locutor hablaba de las grandes figuras del Atlante y en eso dice nunca olvidaremos a jugadores de la talla de un Casimiro Sepúlveda, que en paz descanse. Agarré una borrachera de puritita nostalgia... Por si le interesa, estudié en la escuela Mártires de Tacubaya, que era de gobierno, pero de las mejores. Tres años arriba de mí iba mi primo Arturo Dávalos, que ahora por cierto tiene un puestazo en la Conasupo. Arturo vivía en mi casa pero no era de la capital. Lo habían mandado a estudiar de Torreón, para que hiciera su porvenir aquí. Su familia, los Dávalos, que es mi segundo apellido, ésa sí era pudiente, hacendados con mucho dinero hasta que se desbordó la presa de La Laguna y les echó a perder sus cosechas. En la escuela Arturo era el protector de los niños chiquitos. Se peleaba con todos los abusones y les sacaba sangre de la nariz. Ya ni le digo cuando me pegaban a mí, porque entonces ni averiguaba, se ponía parejos a todos y los hacía chillar hasta que delataran al culpable. Lástima que lo haya dejado yo de ver, pero es que cuando me inscribí al concurso, como él en el fondo seguía siendo provinciano, pues no estuvo de acuerdo en que yo anduviera saliendo retratada en traje de baño. Es que me celaba como si fuera mi hermano. Sólo me dejaban ir al cine si Arturo me acompañaba y los pobres de mis novios tenían que pagar el boleto del chaperón. Yo era muy cinera de niña. Lo sigo siendo, pero con tanto compromiso y otras veces que salgo a palenquear... Sí, sí, claro que hago palenque, pero no se crea que el número es igual de atrevido que el del Faraón ¿eh? Salgo más discreta, porque con esos rancheros nunca se sabe lo que puede pasar, con decirle que a una compañera la estaban violando porque se le descosió el vestido a media canción. Y eso que era folclórica, no vedet como yo. Pero bueno, le hablaba de Arturo. Cuando se le ocurría acompañarme a las fiestecitas que daban en la colonia, nadie se me acercaba. Mis amigas toda la noche divirtiéndose y yo con mi guarura viéndolas baile y baile mambos, ya ve que entonces estaba de moda Pérez Prado. Eran fiestas inocentes pero muy animadas, en serio. Yo no sé por qué diablos la juventud ya no puede divertirse sanamente; por favor, eso sí sáquelo en su revista, le digo, [no comprendo a esos muchachos que necesitan la droga para estar alegres.] Qué falta de imaginación, caramba... No, se lo aseguro, ni cuando llegó el rock se veía un solo carrujo de marihuana en nuestros bailes, es más, ni sabíamos qué cosa era la yerba ésa. Sí cierto que algunos muchachos se ponían hasta el gorro, no lo voy a negar, pero era del ron, no de andar fumados. Más tarde me tocó ir a reuniones donde todo mundo se drogaba. Qué diferencia con nuestras fiestas: los greñudos se sentaban viendo la pared como idiotas, no sé, y de pronto uno se reía y los demás como robots a reírse con él de cualquier estupidez. Con los drogadictos una se siente como en el manicomio...

asylum

Bueno, pero volviendo a lo de Arturo, menos mal que se casó pronto, porque si no me habría fregado la juventud con tanta vigilancia... No, no sea mal pensado, le digo que me quería como hermano, yo tuve mi primer novio a los catorce, un amigo suyo, a lo mejor por eso no le importó. Era un pelirrojo muy guapo pero no le gustaba hablar, eso era lo malo dél. Se comunicaba como los sordomudos: cuando me apretaba la mano quería decir que se había enojado, cuando me rascaba el brazo era señal de que nos fuéramos a besuquear al zaguán de la vecindad, y yo como que no creía que así debiera ser un noviazgo. Nomás me habló, y mucho, cuando lo corté. Que para él lo nuestro era lo más sublime, que adónde iba a ir yo que más me quisieran. Se fue muy ofendido y nunca más lo volví a ver. También le dejé del hablar a mi primo, porque a fuerza quería que me reconciliara con su cuate. ¿Le cuento lo de los otros tres novios o mejor lo dejamos ahí? No vaya a ser que se aburra usted con estas historias de chamaquillos. Bueno, sólo importa uno, porque ése fue mi primer amor. Ya sabe que una cosa es enamoriscarse y otra querer en serio. Era un compañero de la secundaria, Everardo Andrade. Más tímido que él, al principio, imposible; con decirle que fuimos al mismo grupo en segundo y en todo el año no me dirigió la palabra. Yo sospechaba que tanta timidez era por algo y estaba en lo cierto. Regresó de vacaciones cambiado, o a lo mejor yo fui la que cambió de un día para otro, quién sabe qué sería... No, qué va, bonita, lo que se dice bonita, yo no fui hasta los dieciséis, pero a lo mejor él ya desde entonces me notó algo; mire, hay cosas que nos ven los hombres que una no sabe que las tiene. Un día a la salida que se me para enfrente y me dice yo a ti te gusto, y pues la verdad me agarró de sorpresa que hubiera pasado tan rápido de la timidez a la desfachatez y desde entonces ya no pude dejar de pensar en él. Yo entiendo muy bien a las niñas que andan locas por esos grupos de muchachitos amariconados, porque igual era yo de necia y de fantasiosa a su edad. Pues le decía, me enamoré tanto que como a la semana ¡yo fui la que me declaré a él! No esperé a que me lo dijera dos veces. Everardo era uno de los chavos más estudiosos de la Mártires, me acuerdo que ganó el concurso de declamación y pasó a la final con niños de todo el Distrito. Fuimos a verlo al teatro toda la clase. Yo me sentía reteimportante por ser la novia del campeón del colegio. Esa vez recitó como nunca, pero le robó el primer lugar una babosa del Instituto Miguel Ángel que salió vestida de pirata para decir esa de viento en popa toda vela. Everardo recitó La Chacha Micaila tan bien que lloró de la emoción, creo que hubiera sido buen actor de haber seguido la carrera. Él fue mi chambelán en mi fiesta de quince años. Otra costumbre que ya se está perdiendo. Caray, yo creo que el gobierno, en lugar de tirar el dinero en organizar campeonatos de futbol y esas cosas, debería hacer algo para conservar nuestras tradiciones que en verdad son muy nuestras ¿no? Por favor, esto no lo publique, no quiero que me acusen de comunista por andar criticando al gobierno. En aquel tiempo era un acontecimiento cumplir los quince, de veras entraba una en sociedad. Pobre de mi papá, lo caro que le habrá salido comprar trago y comida para tanta gente. Orquesta no hubo porque ya le dije, no había para lujos en la casa de usted. Dos semanas antes de la fiesta estuvimos ensayando el vals con unos bailarines amigos de la portera, buenas gentes aunque eso sí de a tiro se les caía la mano. A mí me daba coraje cuando agarraban a Everardo de la cintura para enseñarle cómo debía tomarme a mí a la hora de los giros. ¿Quién iba a pensar que con los años acabaría llevándome tan bien con los gueys? Tengo dos amigos, Paco y Raúl, dos muchachos del balé del Faraón que me vienen a visitar seguido o me invitan a su departamento. Ya cuando uno los trata se da cuenta de que son magníficas personas ¿no? Son marido y mujer, bueno, creo que Paco es el que le hace de hombre, pero pa qué vamos a entrar en detalles. Eso sí no lo publique porque me matan, a ellos no les gusta estar en boca de la gente. Pues aquellos bailarines me pusieron la rutina del cisne que despierta entre yelo seco, usted la debe conocer, quién no la conoce ¿verdad? Ay, las cosas que hace una de joven. Yo para calmar los nervios me había tomado una cubita antes del vals, cosa que nunca de los nuncas me perdonaré. El caso es que tardé más de la cuenta en despertar y Everardo se quedó parado junto a mí sin saber qué hacer y la música sonando. Como yo seguía en el suelo tuvieron que quitar el disco y mi chambelán se subió de nuevo las escaleras porque de allí se bajaba como mi príncipe azul ¿no? y en eso, qué bárbara, que me paro sin música y me tienen que poner el vals de emergencia. Agueda mi hermana me hacía señas, y yo estaba tan confundida que le echaba la culpa al tocadiscos, tuve ganas de que me tragara la tierra o de perdida irme por la coladera del patio. Por suerte, como los invitados andaban medio cuetes ni cuenta se dieron, así que por fin me salió el cisne y luego bailé con todos los muchachos y los señores, hasta con mi papá, que se movía como oso de feria. Qué iba a saber él de danubios azules si toda la vida se la pasó trabajando. Esa noche estaba bien contento, alegre con alegría de la buena, porque también se alegraba borracho, pero de mala manera. No se crea que era un irresponsable ni tampoco el clásico mexicano que cobra su quincena y ese mismo día se la bebe toda en un antro. Le gustaba el trago como nos puede gustar a usted y a mí, que no nos hacemos del rogar cuando nos ofrecen una copita pero sabemos controlarnos ¿no? Mire, sobre esto del alcohol yo creo que uno es alcohólico cuando de a tiro no puede ir a trabajar por culpa del cochino vicio, pero si uno se domina qué más da ponerse una papalina de vez en cuando, y a propósito ¿no se le antoja un güisquicito? Aquí tengo un Yoni Guólquer, déjeme ver dónde lo dejé, caray, esta Iris todo lo revuelve ¿dónde habrá puesto la botella? Discúlpeme tantito, pero es que con este desorden... Nos viene a hacer el aseo una señora dos veces por semana, pero no ha venido desde hace un mes porque se fue a su pueblo a cuidar a una de sus chamacas que le abortó, ya ve cómo son las indias que no se cuidan... Sólo que mi amiguita lo haya metido a la alacena... No, tampoco, se me hace que le voy a quedar mal, ¡ah! si yo misma la metí en el refri la semana pasada, qué bruta, cómo se me ocurre poner a enfriar los licores. Déjeme sacarle unos yelitos para que no se lo tome solo... No, gracias, yo no, a mí no me gusta el güisqui, yo soy de puro vermú, es la única bebida que no me hace daño. ¿En qué nos habíamos quedado? Mmm, sí, le contaba de mi papá que se puso a bailar conmigo. Todo iba bien aquella noche pero el idiota de Everardo se puso hasta las manitas ¿usted cree? Era un mocoso y ya quería beber como los señores. Me hizo algo que nunca le perdoné. Ya la fiesta estaba terminando, nada más quedábamos mi primo Arturo, unos vecinos y los amigos de mi papá que andaban discutiendo de política en los fregaderos. En el patio habíamos dos parejas bailando *Cerezo rosa* y Everardo se me recargaba en el hombro muy romántico, y yo lógicamente en las nubes, imagínese, con mi novio guapísimo, tan abrazados y en mi fiesta de quince años, cuando de pronto sentí un líquido caliente que me corría por la espalda, me pasaba por dentro del vestido y me llegaba hasta la cintura y que toco y era una vomitada y todo mi vestido blanco lleno de esa melaza negra con pedazos de sándwich. Me dio un asco espantoso, lo empujé y subí corriendo las escaleras. Everardo no pudo ni pedirme perdón, dicen que se fue dando tumbos por la acera como teporocho, y yo desde mi cuarto escuchando la discusión de papá que si los rusos nos querían invadir y que México seguía después de Cuba porque en esa época estaba de moda Fidel Castro, y yo no podía dormir por los gritos que daba y por lo triste que me sentía de tener un novio alcohólico, pero en eso se abrió la puerta y... Bueno, yo no sé para qué le cuento esto si usted viene a preguntarme lo del concurso ¿no?

III

Otra vez el mundo de cabeza y el pelo como escoba que barría las colillas de la pista. Paco y Raúl la sostenían de la cintura. Cruzaban la pista dando pasos cortos con una sonrisa de oreja a oreja para aparentar que la vedette pesaba como una pluma, pero las venas del cuello les saltaban y el esfuerzo hacía que sus cuerpos —más de luchadores que de bailarines— adquirieran bajo las candilejas una textura de montaña. Vistas al revés, las caras del público resultaban soportables, casi divertidas; parecían seres de otro planeta con la boca en el lugar de los ojos y las cejas en forma de mostacho, pero sus cargadores la volvían a poner con los pies en la tierra y el encanto se disipaba. Cambiaba de mano a ritmo vertiginoso, como moneda de baja ley. Cuando el último bailarín la sujetaba parecía que iba a irse de bruces contra las mesas de pista, pero una maniobra oportuna la salvaba del ridículo y entonces volvían a la posición original, la estrella al frente y el ballet detrás, moviendo los brazos como aspas de molino para disimular la falta de gracia de Selene, que a duras penas lograba bambolearse como trasatlántico en medio de una tempestad.

Selene nunca había sentido el llamado del baile, pero a los borrachines que frecuentaban el Faraón les tenía sin cuidado que se moviera poco, pues a ellos todo el cabaret les daba vueltas. "¡Bizcochito, qué bien te mueves!" le gritaban, seguros de haber visto a una rumbera ciclónica.

Su número —el estelar— era *un soft strip tease* en el que se quitaba primero la capa de reina, y luego la banda de Señorita México, que era la prenda más festejada por el público. Después, lentamente, se desabrochaba el brasier y enseñaba casi toda la circunferencia del seno. Cuando la clientela, enardecida, exigía a gritos que mostrara el pezón, se daba media vuelta y los dejaba con un palmo de narices. Pero no todo estaba perdido, porque enseguida comenzaba a girar apoyada por un solo de timbales que dramatizaba el momento. Por fin el respetable sabría si la Miss México del año del caldo seguía teniendo buena chichi, un segundo más y quedarían al descubierto sus ubres condecoradas, pero aún faltaba el último golpe de suspenso, había un oscuro total y el público ladraba que aquello era un fraude cuando de pronto se encendía el reflector que bañaba su pecho de luz morada. Mientras torcía lujuriosamente los labios, Selene se tomaba los senos con ambas manos, como frutero que palpa su mercancía. Era parca en exhibirlos; menos de diez segundos antes de que terminara la pieza y ella corriera, aprovechando la salida de Paco y Raúl, a ponerse el corpiño para agradecer, ya en plan decente, la ovación de la concurrencia. Para cerrar con un detalle cursi pero emotivo, el animador le devolvía la banda satinada de Señorita México. Ella la besaba y se la ponía en el corazón como diciendo "pobres pendejos, vienen a verme por este pedazo de tela que a mí me importa un carajo".

Abrían la variedad las Hermanitas Peña, dueto de regiomontanas con minifalda que interpretaban *Libro abierto* y *Lámpara sin luz* acompañándose de una redoba. Seguía el mago Sin Palabras, elegante y silencioso como un mausoleo. Mientras hacía trucos de naipes la gente iba calentando motores para los números fuertes. Después del intermedio musical aparecía Isaías Estrada, el Tigre de Zapopan, un afeminado cantante de ranchero que sólo incluía en su repertorio canciones muy varoniles. Actuaba con un traje de charro color salmón, y cuando se quitaba el sombrero le gritaban: "¡Pinche puto, se te hace agua la canoa!", pero él ignoraba los insultos del público y al final agradecía con una genuflexión el misericordioso aplauso de los meseros. A continuación venía el show de Iris, el más aplaudido del Faraón. Ella merecía ser la vedette estelar —la propia Selene lo reconocía— pero le faltaba el indispensable prestigio en el medio. El animador pedía silencio antes de anunciarla:

—El Faraón de Nativitas se complace en presentarles

una gran exclusiva. Con ustedes, la mujer que ha hecho de su cuerpo el más dócil de los materiales: ¡La metamorfósica Iiiiiris!

Su número era más circense que artístico: arqueaba el cuerpo hasta casi romperse las vértebras y se arrastraba como araña alrededor de la pista; cuando entraban las congas hacía un salto de tigre, se masajeaba el cuello con los tobillos y al final abría el compás de las piernas como una gimnasta olímpica.

—Oye manita, ¿no te duele cuando te desencuadernas así? —le preguntaban, azoradas, las Hermanitas Peña.

Iris debía su éxito a la obscenidad de algunas de sus posturas. Los oficinistas que llenaban el cabaret veían en ella a una acróbata del sexo. Años antes había formado un dueto, Las Libélulas, con otra contorsionista; sus coreografías simulaban actos de lesbianismo.

—Era una cosa fuerte pero nunca llegó a lo vulgar —decía para salir del paso cuando le preguntaban detalles.

Al principio, Iris y Selene se detestaban a muerte. Nadie hubiera podido predecir, durante las primeras semanas que compartieron crédito en la marquesina del club, que acabarían viviendo bajo el mismo techo. Tanto se aborrecían que el dueño del Faraón, harto de las discordias, estuvo a punto de proponerle un cambalache al gerente de El club de los artistas: le cedería el contrato de Iris a cambio de dos bailarinas y un ventrílocuo. Si no se consumó la operación fue porque Iris y Selene —a pesar de sus diferencias— eran dos profesionales, y tuvieron que resignarse a trabajar juntas.

Pero la hostilidad se mantuvo. Iris no soportaba que a su enemiga le llenaran el camerino de rosas y crisantemos. Una noche Selene halló un anónimo sobre su tocador: "Sólo a los muertos les mandan flores". "Eres la mujer de hule —respondió— pero los hombres quieren hembras de carne y hueso."

Después recordarían esos pleitos entre carcajadas, acusándose mutuamente de ser la más ponzoñosa y convirtiendo las diferencias del pasado en los lazos más firmes de su amistad.

Para el empresario no fue nada grato que hicieran las paces, porque al unirse formaron un frente para exigir aumentos de sueldo y reclamar, a nombre de las ficheras, que se les dejara salir con los clientes a cualquier hora y no forzosamente a las cuatro de la mañana, cuando terminaba la segunda variedad. No las corrió porque gracias a ellas el Faraón seguía siendo negocio en plena crisis, cuando muchos otros tugurios habían tenido que cerrar. Toleró incluso que dieran puñetazos en su escritorio al calor de una disputa laboral. Defendían a los débiles, por eso las adoraban los meseros y los músicos de la orquesta. El Tigre de Zapopan les contaba sus penas y de vez en cuando les pedía prestado.

Su liderazgo se puso a prueba cuando Heberto, el saxofonista, murió de un infarto mientras tocaba el fondo musical del mago Sin Palabras. De pronto su instrumento enmudeció y todos creyeron que se había quedado dormido, porque ya era viejo y a menudo lo vencía la fatiga. Pero cuando el mago terminó y entraron los mozos a recoger su mesa de trabajo, la cigarrera le dio un codazo para despertarlo, después lo zarandeó y al ver que no reaccionaba pidió al animador que anunciara el siguiente número. Llegaron los bailarines, trataron de reanimarlo dándole a oler alcohol y sales de amoniaco, pero fue inútil: don Heberto había soplado la última canción y no estaba dispuesto a concederles *encore*. La orquesta siguió tocando para no interrumpir la variedad pero tras bambalinas el cadáver del músico era motivo de discusión: unos proponían velarlo sobre la pista cuando se fuera la gente, otros que se diera aviso a sus familiares y que se encargaran ellos.

—Heberto vivía solo —dijo la cigarrera, su mejor amiga—. Que yo sepa no tenía familia.

Estaba decidido que velarían al muerto cuando el patrón apareció y se puso intransigente: nada de velorio, no quería problemas con la policía; ya bastante lo jodían por la ficha y lo acusaban de narcotraficante como para que ahora lo fueran a investigar por asesinato.

—Pues nosotros lo velamos —interrumpió Iris— porque somos cristianos y nuestro primer deber es con Dios, no con esos tiras ojetes.

—Y en lugar de estar echando gritos, ya debía de haber llamado a un doctor para que le haga el acta de defunción —añadió Selene, contagiada por la ira de Iris.

El coro de aprobación que siguió a sus palabras dejó al empresario sin alternativa: esa noche Heberto fue despedido por sus compañeros, que decidieron abrir un par de botellas de brandy (a cuenta de su salario) cuando la cigarrera dijo que el difunto hubiera deseado un velorio donde todo el mundo se emborrachara. Y bebieron tanto, que el cortejo para el entierro apenas fue de cinco personas, entre ellas el cantinero, quien se pasó la noche suplicando al mago Sin Palabras que reviviera al saxofonista con una de sus magias.

Esa victoria les dio seguridad y una gran reputación como lideresas, al grado de que llegaron a desplazar, en la práctica, a la delegada del sindicato (cuyo verdadero oficio era vender perico en los camerinos) y todas las demandas laborales cayeron sobre sus hombros.

Desde que nació su amistad, Iris y Selene se propusieron fichar juntas y sólo irse con un cliente en caso de emergencia económica. Pocas veces rompieron su pacto de solidaridad, porque la renta en el departamento de Zaragoza era baja y como dividían los gastos en partes iguales les alcanzaba par vivir con desahogo. Hasta metieron un dinero a la Bolsa con miras a comprarse un condominio. Sus mejores amigas eran Paco y Raúl. Iban a visitarlas los lunes, único día de la semana en que el Faraón cerraba, llevando un pastel para Selene y un botella de ron para consumo exclusivo de Raúl, porque Paco era tan abstemio como la contorsionista. Oían discos, veían televisión, jugaban Continental o Turista o simplemente conversaban. Raúl solía contar anécdotas sobre la prisión de Oblatos, Jalisco, donde había estado preso por seducir a un efebo de catorce años. Lo malo era que se repetía hasta el cansancio y se ofendía cuando le recordaban que ya se sabían de memoria la historia del celador casado y con hijos que se había enamorado de él. Paco y Raúl veneraban a Selene. Les parecía extraordinario logro social compartir la intimidad de una Señorita México. La escuchaban arrobados cuando hablaba de su viaje a Nueva York y les mostraba el vestido de Valdés Peza que había lucido en la final de Miss Universo. Lo que más los entusiasmaba era que había besado a Gastón Santos en una película. Pedían detalles: ¿mordía? ¿daba lengüetazos? ¿tenía mal aliento? A Iris la trataban con cortesía, pero en su corazón ocupaba un muy discreto segundo plano. A sus espaldas le decían *El coronel* por el rigor casi militar con que llevaba las riendas de la casa y ordenaba la vida de Selene.

Iris cumplía la paradoja de ser una contorsionista inflexible. En materia de disciplina doméstica no toleraba negligencias. Estallaba en cólera si veía un plato sucio, una cama deshecha, una media fuera de su lugar. Selene tendía naturalmente al desorden, y si no la golpeaba como a una niña malcriada era porque veía en ella a un ser desvalido, necesitado de protección. Su deber era mantenerla siempre en buen estado ánimo, no dejarla caer en la melancolía para curarla de su propensión al suicidio. Cuando salía de gira con el Circo Unión llamaba por teléfono desde cada plaza y pensaba lo peor cuando no la encontraba en el departamento. Sabía que Selene padecía un mal incurable. Seguiría intentando matarse mientras no se resignara a la decadencia física o hiciera algo por evitarla. Su destino era morir joven o envejecer en un manicomio; si no había perdido la razón era porque aún conservaba restos de su premiada hermosura. Desde que entendió su carácter había rehusado curarla mediante un brusco enfrentamiento con la realidad. Prefirió sobreprotegerla evitándole desengaños y creándole un ambiente cálido, apacible, desprovisto de tensiones. Era capaz de cualquier cosa con tal de levantarle la moral. Cuando iban en taxi, bastaba la mirada furtiva de un automovilista para que ella le asegurara que se la iba comiendo con los ojos. A falta de estímulos exteriores recurría al elogio descarado y directo. Cuando discutían, Selene lanzaba sus denuestos más hirientes. Iris, en cambio, replicaba con balas de salva porque Selene no hubiera resistido que le hiciera ver de golpe su patetismo. Pero las peleas eran cada vez más raras. Iris le daba seguridad a su amiga y a cambio recibía ternura. Ya no luchaba para que hiciera dietas: se dio por vencida al descubrir que Selene devoraba pasteles y galletas a escondidas para compensar las privaciones del plato. Necesitaba comer mucho para dormir a gusto. El médico decía que era un problema de soledad: con el estómago lleno se sentía acompañada. Al principio trató de motivarla con su propio ejemplo. Se pasaba una pierna por la nuca y le decía:

—Si dejaras el vermut y las galletas tú también podrías.

Pero Selene prefería su torpeza y su flacidez a una elasticidad hambrienta.

Cuando Selene se mudó al departamento de Iris tuvieron que redecorarlo. Colgaron, junto al póster de Las Libélulas, la foto de Selene el día de la coronación y el cartel donde anunciaba pantaletas, por el que sentía un cariño especial. Alfombraron de verde aunque no hiciera juego con el rosa pálido de las paredes, porque a Selene le gustaba caminar como sobre césped. No cupo en el clóset la ropa de las dos; tuvieron que comprar un armario en La Lagunilla. De ahí salía Raúl cuando imitaba a Lucha Villa o a Liza Minnelli exaltado por el Bacardí. Selene tenía un cuadro que a pesar de la oposición de Iris colgó en la puerta de la recámara. Era un grabado con el poema *Ley* de Rudyard Kipling.

—Pero si ninguna de las dos tiene hijos, ¿para qué vas a colgar esa cosa?

—Es una declamación muy bonita ¿no? Imagínate que tuvieras un hijo, ¿a poco no te gustaría recitarle algo así?

Vivir juntas había sido la solución (o al menos el aplazamiento) de sus problemas. Selene ya no podía pagar el departamento de tres recámaras que tenía en la Colonia Marte, y no era la clase de mujer emprendedora que en una semana consigue varias oportunidades excelentes y se muda sin un titubeo. Además, desde que disfrutaba la compañía de Iris encontraba terribles sus horas de soledad. Ya no se conformaba con oír discos y ver televisión toda la tarde. Necesitaba la respiración de su amiga mientras oía discos o veía la tele. Decidió cambiarse cuando Iris, perseverante y empecinada, le reiteró con carácter de ultimátum la proposición que le había hecho desde que se hicieron amigas. No fue por miedo al escándalo que Selene negó durante meses. Tenía otros motivos: la experiencia había enseñado que no servía para la convivencia. O terminaban abandonándola o ella era la que explotaba y salía corriendo. Pero al final aceptó. Aceptó porque Iris hacía con la voluntad de Selene lo mismo que con su propio cuerpo: retorcerla para que diera más de sí. Deseaba que su amiga recobrara la dignidad y el amor propio como había recobrado la capacidad de amar y para ello era necesario vigilarla de cerca. Pero tenía que andar a tientas y administrarle cautelosamente los ejercicios espirituales. Una sola equivocación podía costarle perder el terreno que había conquistado meses atrás, en un victorioso golpe de audacia.

Selene se había sentado a fichar con un juez de la Comisión de Box y estaba malhumorada por su charla vulgar, su mal aliento y sus manoseos por debajo del mantel. Para eludir el asedio fijaba la vista en su vaso de vermut, donde se reflejaba la regordeta cara del cliente, adulterando aún más la bebida. Ella era una vedette, carajo, no una putita cualquiera. Apuraba las copas de un trago, lastimándose la garganta con tal de lastimar el bolsillo de su acompañante. Si continuaba tomando a ese ritmo corría el peligro de insultarlo y por eso, cuando él propuso que se fueran al hotel, decidió quitárselo de encima fijando un precio exorbitante por el acostón:

—¿De veras te vas a animar? Pues te sale en seiscientos mil, más lo de mi salida.

—¡Seiscientos mil! ¿Pos de qué me viste cara? No te los hubiera pagado ni cuando estabas buena.

No pudo abofetearlo. Apenas tuvo ánimo para levantarse de la mesa y correr hasta perderse detrás de una cortina de cuentas. Casi derribó a un mesero que se cruzó en su camino. El Tigre de Zapopan quiso detenerla para preguntarle qué le pasaba, pero desistió al verla tan contrariada.

Sollozaba en su camerino cuando tocaron a la puerta. Abrió porque necesitaba llorar en el hombro de alguien, así fuera en el de su peor enemiga. Y en efecto, en la puerta estaba su peor enemiga. Todo el odio que Iris había acumulado contra Selene se disipó cuando la vio sufrir. Apoyó la mano en el hombro de la afligida, como para darle a entender que podía desahogarse porque a partir de aquel momento eran amigas. Oyó su relato intermitente y confuso ("infeliz muerto de hambre... ¿a qué viene si no tiene lana?"), reconfortándola cuando crecían las oleadas de llanto. La tomó entre sus brazos y con tiernas caricias en el pelo trató de levantarle la moral. Su desconsuelo era como el de una niña que acabara de perder la virginidad. Poco a poco el dolor amainó y las pausas entre sollozo y sollo fueron haciéndose más largas. Pero la herida todavía sangraba. Iris temió que en esas condiciones no pudiera dar el segundo show y tuvo que recurrir a sus dotes de contorsionista. Brincó al sofá que ocupaba casi toda el área del camerino, arrancando carcajadas a Selene más por la sorpresa que por lo cómico de la postura. Caminó por el sofá con las piernas encogidas para no tocar el techo, y al llegar frente al espejo hizo como que se maquillaba. Su amiga la contemplaba con la cabeza torcida tratando de ponerse a su nivel para seguir conversando. Estiró uno de los pies y le acarició la frente.

—Ya pasó, nena, deje de llorar y hágame una sonrisa.

Selene se puso de tan buen humor que se sumó al juego y, aprovechando la postura de Iris, le hizo cosquillas en las axilas. Ella se vengó atenazándola por el cuello con ambas piernas. El camerino se convirtió en un ring de lucha libre.

—Mil máscaras, te tengo en mi poder. Ríndete o te aplico la quebradora.

Selene se rindió porque las pantorrillas de su amiga no la dejaban respirar. Pero un segundo después continuó con la sucia táctica de las cosquillas y su adversaria no pudo seguir parada de manos.

—¡Conque ésas tenemos! —y de un salto volvió a poner la pies en la tierra.

Fue sencillo acorralar a Selene contra la pared, pero muy difícil cargarla para aplicarle la quebradora. El juego terminó cuando Iris, exhausta, se dejó caer sobre el sofá, y Selene hizo lo propio sobre la silla del tocador.

Al recobrar el ritmo normal de sus respiraciones, las invadió una suave modorra. Selene se abanicaba con su propia blusa cuando Iris, para poder estirar las piernas, recargó el pie derecho en su hombro. Del hombro fue bajándolo discretamente hasta rozar con la punta el seno de Selene. Ella no pudo o no quiso darse cuenta de lo que ocurría hasta que el pie de su amiga se internó por el escote de la blusa para acariciarla por dentro. La planta de sus pies raspaba; Iris tenía callos de atleta pero sabía cómo y dónde frotar para demoler sus defensas. Era imposible resistirse a una fricción tan delicada y al mismo tiempo tan procaz. Hizo un tímido intento de retirar el pie invasor, pero se arrepintió y en lugar de apartarlo se lo pasó al otro seno, de modo que el masaje se hiciera más completo. Entonces el pie ocioso entró en acción, para llenarle de fuego todo el pecho. ¿Cómo pudo Iris besarla en la boca sin interrumpir esa caricia? ¿Por medio de qué artes logró bajarle el cierre del vestido sin usar las manos y ponerse a horcajadas sobre sus muslos? ¿Cómo, en fin, se metió por todo su cuerpo como una enredadera hasta dejarla postrada lánguidamente sobre el sillón? Y ella, ¿por qué se quedó quieta, permitiéndolo todo? Ésas y otras incógnitas aturdían a Selene mientras esperaba —completamente reconfortada— que la llamaran a escena. Pero lo que más la inquietaba era la sospecha de haber descubierto demasiado tarde los placeres prohibidos.

IV

AYER HASTA SE VEÍAN LOS VOLCANES y ora de pronto se vuelve a nublar. Pero siéntese, siéntese, nomás espéreme a que vaya por una bata porque me da pena recibirlo en estas fachas... Sí, esa foto es de Iris, de un dueto que tuvo hace años. Me dijo que mañana regresaba de su gira, pero con eso de que los aviones se retrasan y luego con este clima no sé a qué horas llegue. Ay, señor, le juro que nada más de ver la grabadora me da miedo, como que se traga toda mi vida esa cochinada. No se ofenda, ya vi que es de las buenas; japonesa ¿no? Lo que me pone nerviosa es el aparato, no la marca. ¿Le sirvo un güisquicito?... No, cuál molestia, al contrario, menos mal que viene usted a tomarlo porque si no se me queda siglos... Muchas gracias, sólo fumo de noche y eso porque me dan los nervios con el show. Parece mentira: diario salgo a la pista y diario pasa lo mismo, así somos los artistas de hipersensibles, cada actuación es como la primera... Sí, por mí cuando quiera, empecemos de una vez porque a las ocho empieza María Celeste, es mi telenovela favorita, ¿usted no la ve? Le hablé de mi fiesta ¿verdad? ¿Le dije que mi papá se quedó en el zaguán hablando de política? Esa noche de tanto gritar y tomar con hielo agarró una bronquitis y ya nunca se volvió a poner bueno. Todavía duró como un año y medio pero cada vez peor el pobrecito, hasta que lo tuvimos que llevar al hospital. Ahí los doctores nos dijeron que tenían que operarlo porque se le había formado un quiste en la laringe, y mi mamá que no, que le daba mucho miedo que le metieran cuchillo, y mi hermana y yo convenciéndola de que era por su bien y todo el mundo se curaba con esas operaciones y estábamos a media discusión cuando el doctor nos avisó que se había muerto ya. En casos como el de mi papá es hasta un alivio saber que se acaba el sufrimiento. Yo por eso me quisiera morir de un infarto, de preferencia dormida para no darme cuenta. Mi mamá por poquito y se nos desmaya allí en el sanatorio. Luego tuvieron que separarla del cadáver entre dos enfermeras porque se quería ir con él y gritaba a mí también entiérrenme, llévennos juntos. Se nos ponía la carne de gallina de oírle decir esas cosas. Es que antes las parejas sí se tomaban en serio lo de hasta que la muerte los separe, no como ahora que once de cada diez matrimonios terminan en divorcio... No, no se crea, es broma, once de cada diez, ja, once de cada diez. Pero lo que sí cierto es que cuando pienso en los hijos de padres divorciados y los traumas que les crean con tanto pleito digo qué horror, qué diferencia con mis padres, ellos si acaso tuvieron peleas fue muy en privado, encerrados en su recámara y diciéndose lasa verdades en voz baja para no angustiarnos a nosotros. La gente es muy irresponsable de tener tantos hijos. Se les hace rebonito que la familia vaya creciendo y no piensan en lo que puede pasar cuando viene un divorcio, pero volviendo a lo de mi papá, fíjese que yo no quise ir al entierro. Es más, nunca he podido entrar a ningún panteón. Me han acusado de ingrata y de floja por no ir a los funerales de mis amigos, pero a qué voy si sé que nomás no lo voy a soportar ¿verdad? Es más, ni siquiera voy a ir al mío. Deberían de hacer algo para que fuera menos tétrico enterrar a un muerto, no sé, contratar un payaso, un mago, llevar un tocadiscos para escuchar música de Ray Coniff... No se ría, lo digo en serio, no hay cosa más horrible que ver las paletadas de tierra sobre el ataúd donde reposa la gente a quien más quisimos. Mi mamá trajo luto un año y se lo hubiera dejado más tiempo si no le hemos dicho que a papá en el cielo no debía gustarle que se vistiera así porque allá todos iban de blanco o de azul clarito. Imagínese cómo me sentí yo de perder al padre a los dieciséis años, fue un golpe de veras durísimo. Ahí fue donde mi hermana Agueda demostró que era la de más carácter de la familia. Ella fue la que nos mantuvo de verdad porque mi primo Arturo ya se había casado y hacía su vida aparte. Agueda trabajaba de recepcionista en la Bacardí; ahora le va re bien, gana un sueldazo en otra compañía de vinos, ya se compró una casa en Satélite y allá vive con su marido y sus niños. La veo poco, porque quién va a irse hasta allá sin coche, es una excursión y a mí el tráfico me pone furiosa, además con el humo de los escapes me salen unas ronchas horribles, ya me dijo el doctor que es alergia al plomo, así que imagínese, estoy amolada, me tengo que ir a vivir a un rancho para curarme. Pues le comentaba, mi hermana sí que se portó a la altura, tomó el lugar de mi padre para orientarme en la vida y darme consejos. Aunque pensándolo bien ya desde antes era como mi conciencia. Me acuerdo que cuando salí de la Mártires yo quería entrar a la Preparatoria, pero ella me convenció de que mejor estudiara una carrera corta, así que me inscribí en una escuela técnica comercial que estaba en Benjamín Franklin, cerca de la casa, era famosa porque de allí salían muy buenas secretarias. Ya para entonces yo sabía que era menos fea que mis compañeras de clase, pero cuando algún hombre me decía de piropos le contestaba que no me estuviera vacilando. Anduve saliendo con uno y con otro esos años pero nadie me atraía como para novio... Ay, tiene razón, ¿no le dije qué pasó con él? No crea que lo corté después de la fiesta ¿eh? Todavía de bruta seguí con él unos meses. Terminamos porque me vio con unos muchachos a la salida de la escuela, eran unos chavos del Poli que nos invitaban al partido contra los Pumas, ve que entonces se ponían re buenos aquellos juegos, y nos querían llevar a una fiesta que iba a haber después en el Maxims. Yo no estaba haciendo nada malo, ni modo de cortarlos si se habían acercado tan amablemente ¿no?, pero él terco de que quería una explicación y yo más necia de que no se la daba porque podía platicar con quien se me antojara. Todavía le debo esa explicación, porque ahí tronamos: nos devolvimos las cartas, las fotos, yo hubiera querido devolverle también la vomitada... no, no se crea, es broma, eso no lo vaya a escribir por favor. Hice bien en cortarlo porque gracias a eso empecé a llevarme con los del Politécnico que hacían muchos bailes y un día uno dellos me preguntó que si quería ser porrista del equipo de fut americano y yo no supe qué responderle porque me daba miedo que mi mamá se fuera a molestar de que anduviera entre los jugadores con una faldita. Pero por suerte me dieron permiso y mi mamá hasta me ayudó a coserle los botones guindas a la falda y a pegarme el escudo con el burrito blanco en la sudadera. Teníamos unas porras padrísimas, ánimo muchachos arriba compañeros, ánimo muchachos ustedes ganarán, pas, y dábamos tres aplausos para luego empezar otra vez, y así cada vez más rápido hasta que ya no se nos entendía nada. Cuando metíamos toch era un escándalo, formábamos una pirámide y luego nos íbamos tirando al suelo mientras gritábamos ueelum ueelum gloria a la cachi cachi porra pin pon porra Politécnico glooooria. Ahí en el grupo de animación fue donde conocí a Baltasar, el que fue mi prometido. Él ya no jugaba porque se le había pasado la edad pero iba a todos los partidos, era como asistente del entrenado o preparador físico. ¿No quiere que le sirva más agüita mineral? Va a decir que fui muy noviera pero ni tanto. En la escuela tuve compañeras que no duraban un mes con el novio y luego se lo pasaban a su mejor amiga para irse con otro que les había gustado. Se los cambiaban como a las estampitas de los álbumes. Yo era más sentimental, nunca les decía que sí a la primera; les pedía que me dieran unos días para pensarlo o tres meses cuando me daba pena decir que no. Este Baltasar por poquito y me caso con él. Ya no fue novio de mentiritas, con él iba la cosa muy en serio. Había estudiado Ingeniería Industrial y trabajaba en Refrescos Pascual de jefe de máquinas o algo así. Grandote y correoso como él solo. Yo me sentía bien chaparrita junto dél y ya ve que para mujer yo tengo buena estatura. Claro, no soy tan alta como las gigantonas que concursan actualmente, es más, creo que ni siquiera me habría podido inscribir con la estatura que están pidiendo ahora. Creo que deberían bajar un poco las exigencias porque mire usted, la mujer mexicana es bajita, estoy segura que las más lindas, las mejor formadas, no pasan del uno sesenta y cinco. Además, de lo bueno poco. ¿Qué caso tiene mandar al Miss Universo a una jirafa que nomás va a hacer el ridículo? Lo que pasa es que como los gringos ponen las reglas de los concursos internacionales, pus hay que bailar al son que nos toquen ellos. Es como con la moneda; se les devalúa el dólar y todos los demás países nos arruinamos también... Debe ser Iris, un momento por favor. Sí, sí, señorita, la acepto... Es ella, me habla desde Zacatecas. Vaya, hasta que por fin te reportas, cabrona. Disculpe, es que así nos llevamos... Nada, aquí contándole mi vida a un reportero, te acuerdas, el de la revista que te dije... ¿Y hasta cuándo regresas?... Ah, tráete queso de tuna, no seas mala... No... sí... sí... Oye, tu traje de Marvila no lo aceptaron en la tintorería ¿eh? Dicen que ellos en esas cosas no se meten, que se le puede desprender la chaquira y que mejor lo laves a mano. Sí... sí... ¿Para cuántos días pido el permiso? Bueno, bueno, cuídate, te portas bien... Que regresa hasta dentro de tres semanas porque su caravana se la lleva a San Luis Potosí; chin, no sé qué voy a hacer sola tanto tiempo... Pero le estaba contando de Baltasar. Agueda y mi mamá lo querían mucho porque nos arreglaba todos los aparatos de la casa, el refrigerador, la consola, y también la hacía de carpintero, era bien mañoso y bien abusado, decía que iba a poner un taller mecánico porque no quería seguir de empleado toda la vida. Traía un carro que le prestaba la compañía y nos llevaba a toda la familia que a Xochimilco, que a Tehuixtla. Una vez nos fuimos al Nevado de Toluca con sus amigos del Poli, según nosotros lo íbamos a escalar, ¿usted cree? Yo me quedé como a la mitad con mi hermana y los que siguieron subiendo fueron los puros hombres y los brutos ya muy arriba que se ponen a jugar y a Baltasar dizque lo empujaban y nosotras les gritábamos ya esténse que se van a caer de verdad. En eso Baltasar que se tropieza y desde abajo gritamos espantadísimas porque ya no lo veíamos, y sus amigos bien asustados que se cayó al precipicio, llamen a un guardabosques, y Agueda y yo ya nos íbamos corriendo a la cabaña pero en eso sale Baltasar detrás de una peña, nos había cotorreado y yo me puse fúrica porque con esas cosas no se juega, oiga. Pero qué locuras no hace una de joven, me acuerdo que una vez en Chapultepec estábamos todos empapados y en eso un muchacho, ya no recuerdo su nombre, que se pasa de su canoa a la nuestra y Baltasar quiso echarlo al agua pero se cayeron los dos. Luego a nosotros nos voltearon y tuvimos que nadar hasta la orilla del lago. Yo traía puesto el uniforme de la escuela y con la empapada se me veía todo, lo bueno fue que Baltasar me prestó su suéter que casi me quedaba de vestido y así regresé a la casa. Se me hace que ahí me empezó a gustar el nudismo… No se crea, no se crea, es broma. Ya hablando en serio yo considero que momentos así son los que hacen la felicidad ¿no? Con Baltasar me hubiera casado, lo que pasó fue que con lo del concurso tuvimos que esperarnos seis meses, y luego, como gané, un año, y entonces él se cansó de esperarme y yo, mire, no es que se me hayan subido los humos, pero después de andar en tantas piscinas, de conocer a tanta gente importante, pus una ya no es la misma y eso de volver con el noviecito como que no aguanta. Usted me entiende ¿no? Aparte de que no fue por mi culpa, se lo juro, él solito fue quien se hizo a un lado, como que sintió que yo por ser la Señorita México ya no lo iba a pelar. Es que en el fondo Baltasar tenía sus complejos porque aunque fuera ingeniero su familia era bastante humilde. Ya me lo imagino acompañándome a un coctel con la gente de la televisión… Sí, ándele, exactamente, de plano le salió lo mexicano cuando gané el premio. No le importó que me inscribiera al concurso porque se suponía que yo nada más entré ahí para echar relajo. Ya ve qué bien hice mi relajo que hasta la fecha sigo con él. Le dije que Agueda trabajaba en la Bacardí ¿verdad? Ps ella fue la que me trajo la convocatoria porque su compañía era una de las que patrocinaban el Señorita México. Yo no quería entrarle, se lo juro, porque aparte de ser bien penosa no me sentía que fuera tan atractiva como para ganar. Pero entre mi hermana y unas amigas me convencieron. Mi mamá no quería que participara; decía que ésos eran concursos de puras güilas y que nomás las querían para luego llevárselas a los políticos, pero le sacaron el consentimiento diciéndole que iba yo a salir en televisión. Eso la ilusionó muchísimo. Lo malo fue que el mero día de la final hubo apagón en Tacubaya y la pobre se lo perdió casi todo. En aquel entonces no era fácil que una muchacha decente concursara. De Ana Bertha Lepe se decían cosas horribles. Yo luego la conocí y me enteré de que todas eran mentiras, cosas que le inventaban ustedes los periodistas porque había sido cuarto lugar en Miss Universo y en este país el éxito no se perdona. Gracias a que conté con el apoyo de mi familia pude salir adelante y le aseguro que me hicieron un gran bien dejándome concursar porque me ayudaron a realizarme y orita no me puedo imaginarla vida sin lo que me pasó en mil novecientos sesenta y seis, un año que para mí fue increíble, lo máximo. Suerte que ya se están acabando esos prejuicios, actualmente hay otra mentalidad, no sé, más positiva, y pienso que eso se debe a que hay menos machismo, claro que también cuenta la liberación de la mujer que nos ha permitido enfrentar la vida de otra manera, ya no es aquello de que la mujer tenía que ser ama de casa y cuidar a sus hijos y hacerse fea. Hoy las mujeres podemos triunfar y ser nosotras mismas, con nuestros defectos y nuestras virtudes, pero eso sí, muy auténticas... No, qué va, no es que yo sea feminista porque una cosa es la libertad y otra el libertinaje, y además, para qué nos vamos a hacer tontas, a una por más liberada que esté siempre le gustará que el hombre le abra la puerta del coche, que le ponga el abrigo, oiga, son detalles que de la noche a la mañana no nos podemos acostumbrar a vivir sin ellos, por eso yo estoy en contra de que haya luchadoras, policías, levantadoras de pesas, porque eso digan lo que digan no es natural, hay cosas para las que sirven los hombres y otras para las que sirven las mujeres... Sí, ya sé que las feministas protestan contra los concursos de belleza ¿y sabe por qué? Por feas, nada más que por feas. No se dan cuenta de que a nuestras mujeres del campo esos certámenes les pueden servir para superarse, para que ya no tengan tantos hijos y cuiden más de su aspecto. Le aseguro que si nuestros campesinos encontraran en sus jacales una mujer, no elegante, pero correctamente vestida y maquillada, ya no se emborracharían tanto y darían más para el gasto. Pero ahí las tiene, rebozudas, mugrosas, llenas de piojos. ¿Cómo quieren que sus maridos se motiven para engrandecer a México? Y todavía se quejan y salen a la calle con pancartas que dicen que en los concursos nos tratan como objetos y yo les respondo oquey, somos objetos, pero ¡qué objetos! Alhajas de veinticuatro kilates que los hombres se pelean por tener. Nosotras no tenemos la culpa de sus complejos, de que se hayan traumado de chicas o yo no sé... pero déjeme ir a cerrar la ventana porque ya está lloviendo, no le digo que está loco este clima. ¿Trajo paraguas?... Ah, caramba, pues si quiere le presto el mío a la hora que se vaya porque con este aguacero va a quedar hecho una sopa. Sólo que es rosa y con florecitas amarillas, no sé si le importe... Me quedé en que me iba a inscribir ¿no? Bueno, primero hubo unas eliminatorias para elegir a la candidata del Distrito Federal. Había que dejar las fotos y la solicitud en el Consejo Nacional de Turismo, eran unas colotas y ahí sí la verdad me dio mucho miedo porque vi algunas que de a tiro parecían de la vida fácil. Yo creo que para eso nos pedían las fotos ¿no? para eliminar a las más pintarrajeadas y dejarnos sólo a las que éramos decentes o por lo menos lo parecíamos. Después nos llevaron al Teatro de los Insurgentes a tomarnos medidas y ahí ya me sentí más tranquila porque nomás había muchachas como yo, o sea con estudios, y entonces dije, Selene, a lo mejor resulta que no estás tan peor porque la mayoría eran bastante feítas, ya ve que hay tantas chicas que creen poder ganar nomás porque las chulean en sus casas. Ahí me midieron noventa y dos sesenta y dos noventa y tres, luego tuve un problema porque llegué a la final con dos centímetros más de busto y dije, en la torre, seguro me acusan de que me puse silicones y me descalifican, pero no, hasta eso que no hubo problema. Lo que pasaba era que todavía no terminaba de desarrollarme, era una chamaca de dieciocho años y a esa edad una todavía no para de crecer. Ahí en el teatro fue donde conocí a Marilú Dorantes, la organizadora, que luego me acompañó a Europa. Linda señora, nunca dejaré de agradecerle que me haya tratado como me trató. Creo que desde el principio le caí bien, porque se me acercó en plan de amiga y me aconsejó cómo presentarme con los jueces y qué peinado llevar. La que iba delante de mí en el turno para medirse me dijo que ya tenía el triunfo en la bolsa. Era una muchacha que llevaba tres años luchando por la candidatura del Distrito y me aseguró que la mera mera para decidir era Marilú, pero yo no le creí porque pensé ésta es una ardida que habla mal de todo el mundo. Al otro día le llamé a Baltasar para contarle todo y a él dizque le daba gusto y que qué bueno pero muy seco y luego me colgó que porque lo estaban llamando a una junta. Oiga ¿sabe qué? Se me hace que ya se le acabó el caset porque desde hace rato no da vueltas. Sírvase otro güisqui mientras lo cambia y así yo aprovecho para ir al baño... ¡Ay Dios santo, qué chaparrón!

V

—ESTÁN VIVOS DE MILAGRO —dijo el socorrista, al cerciorarse de que respiraban.

Se había formado una pequeña aglomeración en torno al accidente que obstruía el tránsito a la altura del kilómetro 16 de la carretera México-Puebla. Los camilleros que llevaban a la dama tuvieron que cerrarle el abrigo para ocultar las piernas raspadas pero apetitosas que acrecentaban el morbo de los curiosos. Nadie se ocupaba, en cambio, del hombre que había recuperado el conocimiento y se dirigía por su propio pie a la patrulla de caminos estacionada en la cuneta.

—Iba manejando la señorita, mi coronel —informó el agente por radio—. Los dos en estado de ebriedad.

Lo que hacía incomprensible el accidente era que hubiese ocurrido en una recta.

—No, mi coronel, no fue por llantas ponchadas, a mí se

me hace que iban torteando esos dos. Él es empleado de Productos Dorel, ya nos dejó su licencia; ella parece que es puta, pero de las cariñosas.

Salieron de la fábrica con los vasos en la mano. Selene quería manejar, pero el gerente de ventas a supermercados no le daba las llaves —¿para qué las quería si estaba borracha?— y se las pasaba de mano en mano como prestidigitador, mirando con deleite el vaivén de sus pechos. No dio su brazo a torcer hasta que ella lo amenazó con pedir un aventón en la autopista si no la dejaba manejar.

—Está bien, mi reina, pero despacito.

Iban a un motel situado a doscientos metros de la caseta de cobro. Para suavizar la proposición, el gerente había dicho que desde ahí "podrían ver el amanecer". Los culpables de que Selene se hubiera emborrachado eran los organizadores de comida anual de Productos Dorel. Los meseros habían servido ron, whisky, vodka, sin tener para ella una sola copa de vermut. Bebió porque necesitaba controlar los nervios para resistir con aplomo el asedio de los ejecutivos. Después de cuatro jaiboles se comportó como si llevara veinticinco años trabajando en la compañía. Estiraba el brazo para brindar por lo que fuera con quien le tocara enfrente, y cada vez que se ponía un cigarro en los labios cuatro manos galantes se disputaban la gloria de ofrecerle un encendedor. Su risa brotaba sin pedirle permiso, fuera o no gracioso lo que se hablaba en la mesa. Improvisaba esas carcajadas porque la lengua le pesaba demasiado como para sostener una charla.

Mareada con los brindis, las risas y los encendedores, no pudo evitar que la mano del gerente se aposentara en su muslo, para no despegarse de ahí mientras hubo música y trago.

Prefirió lidiar con él que soportar los piropos antisépticos del director de mercadotecnia, que al comienzo del banquete intentó seducirla presumiéndole su Rólex de oro y su magnífico dominio del inglés. En las mesas del fondo los empleados de contabilidad fajaban con las secretarias. El gerente era el alma de la fiesta: se había ligado a la Señorita México y contaba chistes de Echeverría que hacían desternillarse al dueño de la empresa, y por ende al resto de los ejecutivos. Atrapada en el centro de la hilarante colmena, Selene llegó a pensar que el maratón de alcohol se prolongaría por toda la eternidad y ella envejecería anclada a la silla construyendo figuras de papel con las servilletas. Le dolía la cabeza y el humo había cerrado su garganta. Tenía que irse o le daría un ataque de histeria.

—Vámonos de aquí, ya no aguanto el humo.

—¿Y adónde quieres ir, chula?

—No sé, adonde no haya tanta gente.

En el radio del coche sonaba a todo volumen el último éxito de Barry White: *you are the first, you are the last, my everything.* El plan de Selene —un plan de borracha— era negarse cuando llegaran al hotel y hacer un escándalo si el tipo quería forzarla, pero el miedo a ser golpeada y la rabia por no haberse dado su lugar entre oscuros oficinistas la llevó a tomar una decisión temeraria: pisó el acelerador hasta el fondo y fue oscilando entre carril izquierdo y carril derecho hasta que se salió de la carretera y soltó el volante como un estudiante de guitarra que arroja su instrumento al suelo, desesperado por no saber arrancarle música. El gerente alcanzó a pisar el freno y a dar un volantazo. Selene gritó de pánico. No la horrorizaba morir, sino que la salvara un imbécil. Gracias a esa reacción (o por culpa de ella) lograron esquivar un anuncio luminoso de Alka Seltzer y voltearse dulcemente (casi fue una cabriola de osito panda) sobre un maizal. Selene se salvó de ir a prisión acusada de intento de asesinato porque el gerente —casado, con tres hijos y dueño de un currículum sin mancha— no quiso llevar el caso a mayores. En última instancia, él tenía la culpa de la volcadura, por haber sugerido el estúpido show que tanto entusiasmó al presidente de la compañía...

—La calidad de nuestras verduras y legumbres en conserva —dijo el orador, emocionado— nos ha permitido conquistar la preferencia de las amas de casa, que han hecho de Productos Dorel una empresa líder en su ramo. Tenemos un compromiso moral con ellas: el de superarnos, el de ofrecerles alimentos sanos y nutritivos para sus familias, el de avanzar con la mira puesta en el futuro, creando empleos para miles de mexicanos...

Cuando terminó el discurso se apagaron las luces del patio de la fábrica y dos reflectores alumbraron una gigantesca lata de chícharos Dorel, que acarreaban lindas edecanes. Un redoble de tambores anunció que algo sorpresivo sucedería (estropeando el efecto buscado), y así fue: al levantarse la tapa de los chícharos apareció una rutilante belleza en bikini lanzando besos a los empleados, que la ovacionaron de pie. Llevaba en el pecho una banda con el lema *Productos Dorel, la número uno*.

—Dicen que ésta fue Miss México, ¿tú crees? —dijo el operario de los reflectores.

Su compañero negó con la cabeza.

—Chale, si está rete fodonga.

Selene había aceptado ese papel infame al comprobar que ya no le quedaba dinero ni para galletas. Marilú Dorantes le ofreció el trabajo como si le diera limosna:

—Lo tomas o lo dejas, manita, porque no hay otra cosa. De veras, te lo digo como amiga, bajas seis kilos y te mando a Hollywood, pero así no se puede, yo soy la que se quema si te recomiendo.

Pero ella no pensaba en Marilú mientras esperaba, en la oscuridad de la fingida lata, el momento de salir a escena. Pensaba en Agueda, en esa impecable ama de casa que sin duda compraba Productos Dorel y que ahora, tras años de separación, se había convertido en su ángel de la guarda, impidiéndole despeñarse a gusto en la mala vida. ¿Qué diría su hermanita si abriera una lata de chícharos y la encontrara en bikini? ¿Comprendería por fin que ella no estaba hecha para el tejido, los biberones y el tedio de la misa dominical?

Cuando recuperó el conocimiento en un desolado pabellón de la Cruz Roja, la mirada condenatoria de su ángel guardián parecía reprocharle que no se hubiera muerto en la carretera. Con su estrecho criterio de clasemediera decente, Agueda no pudo soportar que la honestidad de su hermana quedara en entredicho. De nuevo Selene salía en los periódicos, y ya ni siquiera en la sección de espectáculos, sino en la nota roja: EX SEÑORITA MÉXICO VOLCOSE AL CONDUCIR EN ESTADO DE EBRIEDAD. Hubo una violenta discusión en la que Agueda la acusó de prostituirse, de faltarse el respeto a sí misma, a lo que Selene respondió con una simple y rotunda mentada de madre. No volvieron a cruzar palabra.

El rompimiento con Agueda liberó a Selene de una carga moral. Ya tenía bastante con su propio sentimiento de culpa (recrudecido cada vez que se paraba en la báscula) como para soportar, encima, la inquisición de una hermana mojigata y asustadiza. Cambió sus trabajos de modelo, que le servían de pantalla para conocer galanes adinerados, por un oficio más antiguo y más lucrativo. No se convirtió, desde luego, en una puta callejera ni en una fichera barata. La versátil Marilú, que también fungía de madrota, le telefoneaba cada viernes para indicarle dónde y con quién tendría una cita. Sus clientes eran funcionarios de gobierno, ganaderos en viaje de reventón a la capital, niños bien despidiéndose de la virginidad o de la soltería. Muchos la solicitaban sólo como acompañante, para lucirse con ella en una fiesta, y más de un anciano llegó a pedirle matrimonio. Llegó a prosperar tanto que liquidó sus deudas y contrajo otras mayores. El portero del edificio se acostumbró a verla bajar del radio-taxi al amanecer, bostezando y con la falda arrugada. Nunca llevaba hombres al departamento: si querían acostarse con una Miss México (aunque fuera de segunda mano), que pagaran una buena suite en la Zona Rosa. Para aprovechar las tardes libres se inscribió en una academia de danza hawaiana. Como dormía la siesta después de comer, invariablemente llegaba tarde a la clase, a pesar de que la escuela estaba a unos pasos de su casa, en Calzada de Tlalpan. El salón de baile no tenía cortina, y cuando pasaba el convoy del Metro, los pasajeros, apelotonados contra los vidrios, saludaban a las alumnas con señales obscenas. Auxiliada por un bongocero y un organista que conoció en una de sus noches de trabajo, ensayó un bailable que ofreció en varios centros nocturnos. Ningún empresario se interesó en contratarla hasta que tuvo la idea providencial de añadir a su atuendo la banda de Señorita México. Entonces varios tugurios se disputaron el show, pero la mejor oferta la hizo el dueño de El Faraón de Nativitas. Con mano insegura y temblorosa, Selene firmó el contrato por tres meses sujeto a prórroga si su número tenía éxito. Habían pasado siete años desde que Rodolfo la obligó a retirarse de la farándula, y no le quedaba más remedio que volver al ambiente por la puerta de atrás.

* * *

—Lo siento mucho, señora. Contra la corrupción no se puede litigar —dijo su abogado, presentándole una sanguinaria cuenta de gastos.

Le costó una fortuna perder el juicio de divorcio. Rodolfo tenía compadres en todos los juzgados y logró que la ley declarara improcedente su contrademanda por lesiones y crueldad mental. Para colmo, se quedó con las propiedades que había ganado en el concurso. ¡Tanto caminar por las pasarelas para que un mugroso guarura la dejara en la calle! Al final del pleito quedó en la miseria y con los nervios destrozados, porque cada noche Rodolfo le telefoneaba, ebrio, para tildarla de puta y amenazarla de muerte. En los meses de calma que siguieron al despojo, un ilusorio proyecto mantuvo vivas sus esperanzas de salir adelante sin tener que recurrir a un hombre: montaría un salón de belleza en el que atendería personalmente a la clientela. Pero no podía rentar el local mientras le faltara dinero para las necesidades más apremiantes, y el sueño se esfumó junto con sus propósitos de independencia. Años atrás Rodolfo le había pedido que vendiera la casa de La Herradura porque tenía un negocio que —aseguraba— los haría millonarios. ¿En qué sórdido garito habría dilapidado ese dinero? ¿En el mismo donde perdió, jugando al póker, la tele que les había regalado el senador Escalante? Olfateando la quiebra, la casera la importunaba con advertencias cada vez más enérgicas. Si Rodolfo le había dejado el departamento de la Colonia Marte era porque debían seis meses de renta y no estaba dispuesto a pagarlos. Cuando la cuenta de ahorros se agotó tuvo que empeñar sus joyas. Cuando ya no le quedó ninguna pidió prestado a su hermana. Los sábados modelaba ropa en supermercados. Ocasionalmente —después de largas y oprobiosas antesalas— conseguía "extreadas" en comerciales. Agueda le hablaba todos los días para preguntarle si había buscado locales para el salón de belleza. "Fui a ver cuatro —mentía— pero ninguno vale la pena." En realidad se quedaba viendo tele toda la tarde: la barra completa de telenovelas, luego los programas musicales, el noticiero, la película para desvelados. No se despegaba de la pantalla hasta que las rayitas del corte de estación le reprochaban su apoltronado regodeo en el sufrimiento. Retrasaba el día de la mudanza porque le parecía monstruoso dejar ese departamento por otro más pequeño. No le angustiaba tanto la pérdida de categoría, sino la disminución de su espacio vital. Cada fracaso la orillaba más a la estrechez asfixiante del hogar de sus padres. Perder terreno era una forma de comenzar a morir.

Para no bañarse pensaba que le convenía ahorrar gas, y ese imperativo económico la disculpaba ante la parte pulcra de su conciencia. Sin embargo, cuando se le acababa el vermut iba corriendo a comprar otra botella con el dinero que había ahorrado para el gas. Todo su ejercicio consistía en devorar pan dulce y galletas frente al televisor. Sólo se levantaba cuando la migajas —que se le metían entre los senos por la desidia con que masticaba— le daban comezón y vergüenza de ser tan cochina. Hizo una revisión completa de las películas mexicanas que había visto de niña, incluyendo las de Capulina y El Santo. Cayeron de su gracia Jorge Negrete y Pedro Armendáriz —en quienes veía retratado el machismo de Rodolfo— pero se rindió a los encantos de un nuevo amor: el genial Arturo de Córdova. Qué personalidad y qué dominio de la escena tenía. Por un hombre así hubiera dado hasta su caja de galletas. Claro, no le habían hecho justicia porque su estilo no era del gusto de las criadas. Admiraba, sobre todo, sus frases de romántico desencantado. En el intermedio de la ópera una muchacha se acercaba a Arturo para preguntarle cuántas veces se había enamorado. Tras una larga y melancólica fumada a su cigarrillo, Arturo respondía:

—He pronunciado en cien idiomas la palabra amor.

Y Selene se iba a la cama repitiendo ese diálogo, hacía el amor con Arturo en sueños o tenía pesadillas en las que su ídolo, con la voz de Rodolfo, le gritaba en cien idiomas la palabra puta.

Los domingos comía con su hermana mayor en Ciudad Satélite. En la mañana le ayudaba a preparar los chiles rellenos y a cortar rebanadas de chorizo para los invitados de su marido, que veían el futbol en la sala tomando cerveza y coreando goles a grito herido. Los hijos de Agueda no aceptaban a su nueva tía. Siempre les daba flojera bajar a saludarla y cuando —forzados por su madre— le daban la mano, miraban el suelo en señal de protesta. Durante la comida los hombres hablaban automóviles y sus mujeres luchaban, en vano, para que los niños comieran. Al llegar a los postres, una polémica recurrente animaba la conversación: Raphael, el divo de Linares, ¿era o no era? Los hombres no dudaban en asegurarlo. Selene, tímidamente, arriesgaba su opinión:

"Una cosa es ser amanerado y otra muy distinta que... Además ya se había casado". Después de comer los invitados se despedían y la familia (Selene incluida) salía a dar una vuelta por Plaza Satélite. Veían aparadores toda la tarde y al anochecer, para no irse con las manos vacías, compraban a los niños dulces de fayuca.

Un viejo sueño de Agueda se había cumplido: era la mejor amiga de su hermana. Pero Selene sentía que tanto ella como su cuñado la intentaban reeducar poniéndose como ejemplos de normalidad y buen juicio. Parecían empeñados en demostrarle que su efímero estrellato no le había dejado nada bueno, mientras que ellos, con su modesta vida familiar, habían alcanzado una felicidad envidiable. ¡Cómo se vanagloriaban de su conformismo! Selene detestaba la placidez de su hermana, esa tranquilidad hogareña que rendía culto a las cosas simples: el diente perdido por el hijo pequeño, la canción tarareada por la familia unida, el fuego simulado del calentador eléctrico que habían traído en partes desde Brownsville, aunque en México no hiciera frío... Cuando regresaba de Ciudad Satélite necesitaba tres o cuatro vermuts para conciliar el sueño. El alcohol le ayudaba a reconstruir las escenas del día bajo una nueva luz: entonces era odiosa la excesiva preocupación de Agueda por la minúscula herida de su niña, incómodos los sillones que había llamado confortables, desabrida la sopa que horas antes era un manjar.

Agueda tenía que hacer malabarismos de diplomacia para que Selene no coincidiera con su madre. Ansiaba la reconciliación, pero sin hacerse demasiadas ilusiones al respecto, porque el encono con que doña Catalina odiaba a la menor de sus hijas se había endurecido con los años, hasta convertirse en la obsesión de su vejez. Para ella Selene había muerto en vida cuando abandonó a Baltasar. Todo lo que había hecho desde entonces —el triunfo en el certamen de belleza, su carrera en el cine, el matrimonio con Rodolfo— no eran sino etapas de una continua degradación.

—Ten cuidado, porque lo güila se pega —le dijo al enterarse de que Selene la visitaba.

Pero a pesar del odio mutuo, Agueda trataba de apaciguar los ánimos: a su madre le aseguraba que Selene había cambiado, que al fin estaba madurando, y a Selene le decía que mamá ya no le guardaba tanto rencor. Logró, incluso, que por su conducto intercambiaran fotos. Pero nunca pudo concertar la entrevista en que harían las paces.

* * *

MESES DESPUÉS de que Rodolfo Hinojosa dejó el departamento, los muros todavía conservaban su olor, un olor a marihuana mezclada con lavanda y pólvora. Hasta que se desvaneciera la peste Selene no podía sentirse totalmente separada de su marido. Quizá fueran ilusiones de su olfato, quizá ella misma desprendía ese aroma turbio, como si los años de convivencia con el auténtico destilador la hubieran marcado al extremo de imitar sus emanaciones. Al acostarse, en los preámbulos del sueño, extrañaba la pistola de Rodolfo debajo de la almohada. Para desconectarse de la realidad necesitaba tener la 38 cerca del cuerpo. Siete años de dormir junto al revólver le habían creado ese hábito.

Cesado en la Procuraduría por causas que nunca precisó —pero que Selene intuía— Rodolfo malgastaba su liquidación en los caprichos más imbéciles y se pasaba las tardes liando cigarrillos de mota en el sofá de la sala. Los colocaba en hilera sobre la mesa y se los iba fumando lentamente hasta que anochecía. Entonces se largaba a la calle y no volvía hasta las seis o siete de la mañana, inexplicablemente lúcido y repuesto, sin una sola huella de la noche de juerga. Selene toleraba con resignación los vicios de su marido (drogado era menos agresivo que en sus cinco sentidos) pero no soportaba su conversación de marihuano. Tenía que taparse las orejas para no escuchar la interminable retahíla de disparates que gritaba como si ella estuviera a cien pasos de distancia:

—Te digo que el jefe me quiere, vieja, no se le olvida que yo fui de sus incondicionales. ¡Cuántas veces no me la jugué por él! Me quiere, cómo chingados no. Lo que pasa es que en la Judicial se metió gente de los narcos. ¡Nos quieren dar en la madre para quedarse con toda la droga y luego venderla en Estados Unidos!

Mientras Rodolfo fue policía judicial, sus misiones especiales lo mantenían lejos de la ciudad por lo menos cuatro días a la semana. Selene aprovechaba sus viajes para recobrar energías y almacenar paciencia: de ese modo lograron convivir sin odiarse demasiado. Pero cuando Rodolfo cayó en desgracia por segunda vez (después del primer cese recuperó la placa gracias a sus palancas) tuvo que ser esposa de tiempo completo y comprobó que su matrimonio era ya un edificio en demolición. Acostumbrados a las despedidas y a las bienvenidas, conocieron el tedio de verse continuamente. Buscaron en los pleitos una forma de romper la rutina, pero pronto la rutina fueron los pleitos. Un domingo por la mañana, después de hacer el amor sin ganas, Rodolfo descubrió el desgaste físico de Selene y con él un pretexto nuevo para insultarla.

—Mira nomás, estás hecha una garra —y le puso en la cara un espejo de mano.

Al notar que la broma causaba estragos en el amor propio de su esposa, hurgó con redoblado placer en esa herida. Su insistente crueldad —digna de un pájaro carpintero— dio sus mejores frutos la noche que Selene, llorando, reconoció que ya no era tan bonita, y añadió que si él se consideraba tan entero mejor se largara con otra pendeja, pues ya estaba harta de vivir con un naco drogadicto que además no le servía en la cama.

Durante la semana posterior a ese pleito definitivo hizo un repaso de su relación con Rodolfo desde los tiempos del noviazgo. Cavilaba horas enteras pasando sus dedos sobre los moretones que le había dejado como nomeolvides. Su error había sido no abandonarlo tras haber descubierto que consentía y propiciaba sus encuentros con el senador Escalante.

La golpiza era la explicación final de sus equivocaciones; el escarmiento que se merecía por haber entrado a ese negocio en que terminó siendo explotada por los dos. Pero ni por ésas había escarmentado. Más tarde, por una mezcla de indignidad y cobardía, aceptó una y otra vez las reconciliaciones hipócritas (el ramo de flores y la pulsera como indemnización por cada madriza) que iban dejando tras de sí un sedimento de rencores, una lista de agravios sin venganza. Aunque Agueda y marido le aseguraban que bajo su protección nada malo podía pasarle, ella tenía sobradas razones para temer que Rodolfo la buscaría en la casa de Satélite para completar el asesinato que había dejado inconcluso en su último ajuste de cuentas.

—Y no te mato nada más porque orita estoy fuera de servicio y me pueden agarrar, cabrona —le dijo después de asestarle un rodillazo en el estómago que la dejó sin aliento en un rincón del cuarto.

El sudor refulgía en sus espesas patillas y la corbata se le había manchado de sangre. Selene temblaba de pánico, esperando una nueva andanada de golpes que nunca llegó, porque Rodolfo prefirió encender un cigarro de marihuana para calmar los nervios y relajar los músculos. Selene no salió del rincón hasta que estuvo segura de que había pasado el peligro. Junto a ella, entre las sábanas de la cama revuelta, brillaba su compañera de sueños. Sólo tenía que salir del cuarto y jalar el gatillo para vengarse del verdugo, del carcelero, del padrote que se había casado con ella para conseguir ascensos en la Procuraduría. Se arrastró hacia la puerta con la 38 en las manos y vio a su marido indefenso, abismado bajo los efectos de la yerba. Revisó el cargador: tenía balas. Alzó el brazo, encañonó a Rodolfo y entonces pensó en el uniforme de la cárcel de mujeres, en el overol espantoso que llevaría treinta o cuarenta años sin poder bajarle siquiera el escote, en las fotos que le sacarían en los diarios amarillistas con los párpados inflamados, despeinada, sin maquillaje.

Dejó la pistola bajo la almohada, tomó un fajo de billetes y huyó sigilosamente para no despertar a Rodolfo, que se había quedado dormido con el toque entre los dedos y roncaba como la más tierna de las criaturas.

VI

Fue una experiencia de veras muy padre, muy positiva. Todavía no puedo creer que en un solo año mi vida se haya transformado tanto. Me acuerdo que cuando Marilú me enseñó a modelar nos dijo son ustedes diamantes en bruto, mi trabajo es pulir esos diamantes y convertirlos en joyas. En mi caso, modestamente, creo que lo consiguió. Era dura Marilú pero de verdad que para tratar a las chicas hacía falta latiguito. Yo misma, al principio, caminaba toda desguansada, creía que modelar era sacar el pecho y mover las caderas de las de acá. Una muchacha de plano no pudo con la disciplina. Era la que más se equivocaba y un día Marilú se desesperó con ella y le dijo pendeja, parece que vas a talonear a tu esquina moviéndote así, y la otra que no se aguanta y le contesta que a ella no la iba a insultar una criada, que se fuera a no sé dónde con su concurso y que aparte le iba a poner una demanda por injurias porque su papá era magistrado de la Suprema Corte y quién sabe qué. Luego salió del salón donde ensayábamos dando un portazo y Marilú siguió la clase como si nada... Qué bárbara, tenía un temple. Gracias a Dios en el Señorita Distrito no hubo discursos, ya me imagino las babosadas que hubiera dicho, porque una cosa es que orita sea yo tan desenvuelta y pueda soltarme hablando las horas y otra lo que era a los diecinueve sin experiencia en la vida, sin madurez. Por suerte, como le digo, sólo desfilamos en vestido de noche y en traje de baño. Fue una cena en el Club de Leones, concursábamos como veinte muchachas. Me hice amiga de una güerita, linda ella, creo que luego fue cantante o actriz de teatro, no sé, las dos nos decíamos seguro que tú vas a ganar pero en el fondo ninguna quería perder, por algo estábamos allí compitiendo ¿no? A mí no me gustaba el vestido que me dieron porque era morado y a las morenas ya ve que nos quedan mejor los tonos claros pero Marilú me lo dio y ni modo de protestar porque nos lo regalaban todo. Ella decía que me convenía el morado para llamar la atención porque si me vestía de cremita o de azul cielo no me iban a distinguir, o sea era para que dijeran ahí viene la de morado. Esa Marilú francamente se las sabía todas. La mayoría de los jueces eran periodistas, aunque también había un director de cine o de teatro y unas escritoras que se reían cada vez que pasaba enfrente dellas, y yo pensaba me habré manchado el vestido o se me sale el fondo, pero no, resultó que eran dos marimachas que de seguro estaban haciendo chistes porque yo les gustaba y Marilú me dijo que no me preocupara, que era buena señal. Lo espantoso fue la mala ventilación del club, qué horror. A mí me ardían los ojos de tanto humo, no sé cómo no me caí sobre las mesas porque casi no podía ver. Luego cuando me coronaron el animador decía mírenla, llora de la emoción, pero la verdad se me salieron las lágrimas porque ya no aguantaba ojos. En las eliminatorias la timidez no se me había quitado bien bien, sobre todo porque algunas amigas me traían ciscada con chismes de que todo era un engaño para meternos al vicio y a la depravación. Me acuerdo que en el camerino pensaba, no tardan en salir los políticos que nos van a pervertir; es más, ni me tomaba los refrescos que repartían porque decía, a ti no te agarran Selene, de seguro le echaron yombina y luego vas a despertar en una cabaña del Ajusco rodeada de viejitos libidinosos que te van a dar champán hasta volverte alcohólica, no se imagina las locuras que se me ocurrían, pero era todo por la mala fama que tenían los concursos. Luego, cuando vi que por ningún lado aparecían los viejos libidinosos, que no había gato encerrado, que la competencia era derecha y nos trataban como auténticas señoritas, pues se me fueron quitando los temores y ya entré como más en confianza. Mire, yo quisiera aprovechar esta oportunidad para dar un mensaje a las jovencitas que alguna vez han sentido deseos de ser la Señorita México. Chicas, si sus padres se oponen a que participen, hagan un esfuerzo y convénzanlos de que las dejen porque todo lo que se dice del concurso es falso, el ambiente es de lo más sano, de lo más positivo, y es mentira que les inyecten silicones o que haya que acostarse con los jueces para ganar. Se los digo yo que tuve la suerte de ser elegida pero cualquiera les podría demostrar que lo que digo es cierto. Y si su novio es el que no las deja concursar, pues llévenlo y preséntenle a los organizadores para que se le quite lo mal pensado. Hagan que se compenetre con ustedes porque a fin de cuentas él también saldrá ganando, no es lo mismo ser novio de la Miss México que de una chava equis o ye. Es más, preséntenle a las otras chicas para que vea que son muchachas decentes, pero tomen sus precauciones porque eso sí, yo no respondo si les bajan el novio... Es broma, es broma, no se crea. ¿Se acuerda que Baltasar se puso medio raro cuando clasifiqué? Pues cuando supo que ya era Señorita Distrito y que mi casa estaba llena de flores que me habían mandado que del Club de Leones, que de Mexicana de Aviación, yo creo que se puso fúrico porque dejó de ir a mi casa y yo muy extrañada y algo triste ¿no? porque aunque hubiera ganado de todos modos era tronar con un novio, o sea, triunfaba en público pero fracasaba en mi vida privada y me acuerdo que pensaba bueno, pero ¿no me decía él que me inscribiera? ¿No hasta me acompañó a dejar las fotos al Consejo Nacional de Turismo? Suerte que no tuve tiempo de lamentarme ni de andar azotada porque tenía por delante el Señorita México y ora sí que me crecí al castigo. Llegaban de los periódicos o del radio y yo con una sonrisota para que no se me notara que por dentro me estaba llevando la fregada. Y entonces sí, para qué le voy a mentir, empezaron a lloverme invitaciones, a veces por escrito o si no por teléfono, que el líder de los transportistas quiere saber si es posible que lo acompañe esta noche a cenar en el Focolare, o que estaba cordialmente invitada a la recepción que daba en su casa del Pedregal el licenciado nosecuántos y yo que dice la señorita Sepúlveda que está indispuesta para que creyeran que teníamos criada, usted sabe que a veces es bueno decir mentiras, por algo es periodista ¿no? Es broma, no se vaya a ofender... A mí no me daba miedo que se fueran a propasar conmigo porque ya desde entonces sabía cuidarme, pero ¿qué tal si me sacaban una foto con uno de esos tipos y me descalificaban por andar trasnochando? Marilú me aconsejó que no aceptara ninguna invitación así fuera de un chavo que me gustara chorrísimos porque podía ser una trampa de las señoritas de provincia, ella sabía de casos en que mandaban al fotógrafo junto con el galanazo y con las pruebas en la mano iban al comité organizador a pedir una investigación de la conducta de la concursante para quitarse a las más guapas de en medio y para qué arriesgarme a eso si podía esperar perfectamente que pasaran tres meses para salir con quien se me diera la gana ¿no? Así que anduve de monja hasta que nos concentraron en el María Isabel, diez días antes de la final. Se supone que en ese tiempo debíamos de hacernos amigas para que hubiera buen ambiente, nada de fricciones por estar en una competencia, al fin y al cabo lo importante no era ganar sino competir y ese rollo que todas nos sabíamos de memoria. Compartí mi cuarto con la Señorita

Puebla, muy buena persona, linda de veras; llegó al hotel repartiendo jamoncillo y dulces de su tierra bien ricos, pero algunas mulas luego luego comenzaron a criticarla de que se vestía horrible y era muy corriente, como si ellas fueran de Noruega las presumidas. Se llamaba Josefina Mendoza. No quedó ni entre las quince primeras por lo chaparrita y lo negra, pero si se hubiera calificado el buen corazón en vez de la buena teta seguro que gana. Luego nos estuvimos escribiendo como tres años, supe que se casó con un dibujante pero con el tiempo le perdí la pista. De seguro ha de estar llena de hijos. Marilú también nos preparó para el nacional. No sabe cómo me hizo sufrir en los ensayos del discurso. Ella quería que yo misma lo escribiera porque así era más natural ¿no? más espontáneo, lo malo fue que no se me ocurría nada de nada, la mente se me puso en blanco y pasaban y pasaban los días… Ya todas sabían lo que iban a decir, la Señorita Chiapas había compuesto unos versos preciosos y yo de mensa tomaba el lápiz y nomás me salían dibujitos de Marilú; la pintaba con cola y cuernos de diabla, en serio que la odié, oiga. Un día antes de la final se encerró conmigo en mi cuarto y me dijo bueno, ya sé que no puedes escribir nada pero me vas a decir algo, a ver, piensa como si estuvieras hablando con una amiga, o mejor haz de cuenta que yo soy venezolana y me tienes que explicar cómo es el Distrito Federal. Así ya fue diferente, yo empecé a decir cosas como que México era una gran ciudad con grandes problemas y que si todos poníamos nuestro granito de arena podíamos salir adelante. Y ella lo apuntaba todo en una libreta como para darle sentido a lo que yo hablaba ¿no? Luego cuando terminé dijo bueno, ahora te vas a memorizar lo que dice ahí que es lo mismo que tú acabas de decir sólo que redactado correctamente y me regañó porque usaba demasiado la palabra positivo, que si la unión de los ciudadanos sería positiva, que si me parecía positivo que los automovilistas manejaran con precaución, tenía metida la cochina palabra, caray, y la verdad que yo no me daba cuenta, se me hace que estaba de moda. En el lobi del María Isabel siempre había reporteros y señores que iban a darse un taco de ojo pero nosotras teníamos prohibido hablar con personas ajenas, nunca dijeron ajenas a qué o a quién, pero el caso es que no podíamos hablar con nadie. Y aunque se pusieron tan estrictos, aun así corría el rumor de que la Señorita Guanajuato se salía por las noches a darle vuelo a la hilacha con un empresario. Yo francamente no lo creía porque cómo con esa vigilancia, pero con todo y que nunca pasó de ser un chisme la muchacha salió perjudicada porque la eliminaron en la primera ronda y eso que era de las más chulas. Nos traían cortas cortas pero de todos modos nos tomaban fotos y al rato empezaron a salir las favoritas. La Señorita Yucatán y yo desde el principio fuimos las más retratadas; ella era una preciosidad, se lo juro, qué bruta, era la más alta de todas, tenía ojos azules, el pelo castaño y hablaba re bonito, como cantando, una sentía como si hablara con una muñeca. Luego luego hubieron piques porque algunas sentían que no llamaban la atención y se me hace que en secreto nos odiaban a la de Yucatán y a mí. El mero día de la final nos entrevistaron en la piscina del hotel. Haga de cuenta que para muchas era la última oportunidad de que la prensa las tomara en cuenta ¿no? además que había cámaras de televisión. Pues la de Zacatecas ese día salió con un escote hasta acá, casi casi en monobikini. Se supone que nos habían dado trajes iguales para que ninguna llevara ventaja pero ella le recortó al suyo y salió de provocadora. Menos mal que de nada le sirvió, no sé cómo quería ganar si tenía las piernas peludas. Desde esa vez de la piscina le caí bien a don Paco Malgesto, que fue el que nos hacía las preguntas, porque luego en la noche mechaba flores de que yo era una belleza muy mexicana y tenía los ojos negros como piedras de ónix, cosas así... Bueno, a todas les inventaba piropos pero no tan bonitos. La verdad la verdad yo no creí que fuera a ganar porque le digo que la de Yucatán era un monumento. La veía y pensaba ni hablar chiquita, date de santos si quedas en segundo o tercero. Y es que no tenía yo mentalidad de triunfadora, más bien era timidona, medio agachada. Hasta después empecé a cambiar mi psicología, comprendí que una siempre debe estar segura de sí misma y no dejarse impresionar por nadie porque cada quien tiene su forma de ser en la vida ¿no? Hay algo que no he contado nunca y es que el mero día de la final de repente la muela me dolió espantoso y no se me quitaba ni con aspirinas... Estaba desesperada, imagínese, cualquiera se ve mal cuando le duele una muela, y yo decía no vas a poder salir, mana, o se te calma el dolor o te quedas en el cuarto porque si no vas a hacer el ridículo. Cuando Marilú pasó a preguntar si ya estábamos listas me encontró llore y llore porque no se paraba el mugre dolor. Entonces pidió al rum servis que me subieran una botella de tequila y que me tomo una copa y otra y otra y así se me quitó. Es que era un malestar sicosomático que yo misma me había inventado; los tequilas no me curaron nada pero me relajaron los nervios y con eso se me quitó el dolor. Fíjese qué callo tenía Marilú que hasta esas cosas sabía. Ya con mis tequilitas adentro me sentí segura y bajé al salón de fiestas. Fui la última en vestirse y pasé a ocupar mi lugar que era el doce, me acuerdo que la del trece me decía te lo cambio pero ni loca, yo era más supersticiosa que ella. Lo peor fueron los momentos de espera tras bambalinas porque las maquillistas nos ponían nerviosas diciendo cómo estaba el ambiente allá afuera, que si ya llegó Angélica María o que si Pilar Candel hizo un escándalo porque la pusieron atrás de Agustín Barrios Gómez, ve que entonces los invitados sí eran de primera, no como ahora que invitan a los amigos de los hijos de la gente importante... La orquesta, para hacer ambiente, estaba tocando Yesterdey de los Bitles, ve que por esa época se pusieron de moda, era cuando los jipis empezaban a usar pelo largo y les gritaban jotos en la calle ¿se acuerda desos años? Que se me hace que usted también ha de haber sido greñudo... No se crea, no se crea, es puro cotorreo. Pus la Señorita Nuevo León que me tocó junto nomás pa presumir se puso a cantar en inglés como diciendo miren, yo soy la mejor preparada porque sé idiomas y ustedes tararean sin saber lo que dicen las canciones. Desde ahí como que me cayó gorda pero no le di mucha importancia, hasta después supe que era la más víbora de todas porque ¿sabe qué me hizo? Mire, como a la mitad del concurso, cuando entramos a quitarnos el vestido noche, vi que estaba tirada en el pasillo la capa de la que iba a ser Señorita México. Lógicamente la levanté para ponerla en su percha y en eso llega la de Nuevo León y me dice ¿tan segura estás de ganar que ya te la estás probando? Y yo trabada no supe qué responder, me quedé con la sonrisita que haga de cuenta la traía pintada en la cara porque como Marilú nos gritaba sonrían sonrían ya me daba miedo ponerme seria aunque no estuviera en la pasarela... No, ellas no estaban, le digo que prefirieron verlo por tele pero aunque no me acompañaran físicamente estaban allí conmigo en espíritu ¿no? Cuando desfilamos por primera vez a todas les echaron porra y a mí sólo me aplaudieron, pero yo me consolaba pensando que Agueda y mi mamá estaban en la casa cruzando los dedos y eso me levantaba la moral. La de Veracruz haga de cuenta que todo el salón era invitado suyo, cada vez que la nombraba don Paco era un escándalo y yo decía donde gane la urraca ésta entonces sí va a ser un fraude porque la verdad era horrenda; muy buena persona, eso sí, por eso ganó el trofeo de Señorita Simpatía, cuando se lo dieron yo respiré de alivio porque ya sabía que las simpáticas nunca ganan. Después hubo un intermedio para que cantaran los Hermanos Castro. Ya para entonces con el calor y los cambios de ropa estábamos agotadas y a mí para colmo me entró la crudita de los tequilas. Pues en eso llega Marilú y nos pide a mí y a la de Yucatán que saliéramos de modelos en el show de los Castro. La de Nuevo León se nos quedó mirando con furia vikinga porque quiera que no era una distinción, sólo por estar más tiempo en el escenario ya le llevábamos ventaja a las demás. Y ellos bien mandados porque se nos repegaban mientras cantaban y a mí Gualberto me plantó un beso en la boca pero ni modo de protestar, así que me quedé sonriendo roja roja de vergüenza y me acuerdo que pensaba híjole, que va a decir Ultiminio... este, perdón, cómo Ultiminio, qué va decir mi hermana Agueda, ha de creer que ya me volví una arrabalera. Pero ni modo de soltarle una cachetada al cantante con las cámaras de televisión ahí. ¡El escándalo que se hubiera armado! Como a las doce anunciaron cuáles éramos las diez finalistas. Todas teníamos que estar pendientes para salir a recibir los aplausos cuando dijeran nuestro nombre. Yo fui de las primeras gracias a Dios. Luego me contaron que al ver que no la mencionaban la de Nuevo León hizo un entripado y me quemó la capa con un cigarro. Por suerte cuando me la pusieron ni los fotógrafos ni yo nos dimos cuenta, pero de todos modos ahí quedó su mala intención. Bueno, ya sabe que entonces volvimos a desfilar en traje de baño, a mí me daba pena pasar por donde Angélica María porque era mi ídola y la veía malhumorada, como que ya se había cansado de vernos desfilar. Mi preocupación era no sacar demasiado las rodillas porque Marilú me había dicho que las tenía demasiado picudas... No, de muslo estaba y sigo estando perfecta modestia aparte. Mire, a mí realmente lo que me ayudó fue ser morena. La de Yucatán estaba más guapa que yo, se lo digo con toda franqueza, pero tenía tipo de gringa y los jurados tomaban en cuenta que la ganadora iba a representar a nuestro país en el extranjero y tenía que ser una belleza autóctona. Se tardaron horrores en dar el veredicto porque no se decidían entre nosotras dos. Luego supe que una modista, no puedo decir su nombre, estaba empeñada en que yo perdiera pero al final se impuso la mayoría y no se salió con la suya... No es verdad que las influencias cuenten para ganar, en serio, ésa es una mentira de mentiras. Todavía regresamos otra vez al vestidor a esperar la decisión del jurado. Las buenas perdedoras nos llevaban café y Marilú se asomaba de cuando en cuando para decirnos ya merito, ya merito, pero los jueces no acababan de discutir y el salón se quedó medio vacío porque se había ido la porra de la de Veracruz. Para entretener un rato al auditorio Paco Malgesto estuvo diciendo chistes y vacilándose a los jueces, ya ve que le sobraban tablas a ese señor. Cuando nos dijeron que saliéramos me temblaron las piernas porque a esas alturas sí me importaba ganar, no porque deseara la fama, no crea que soy vanidosa, pero pensaba, caray, el gusto que le voy a dar a mi familia si me gano la casa y el viaje a Europa y es que mi mamá siempre me decía que no hay nada como pisar suelo propio. Qué bueno que yo le haya dado esa gran alegría. No hay nada como hacer feliz a nuestra madre pero en serio, no como las personas que la festejan el diez de mayo y luego se pasan todo el año sin sacarla de paseo. Yo digo que todos los días deben ser diez de mayo ¿no? Bueno, ésa es mi opinión personal. Paquito nos la hizo de emoción porque empezó a nombrar del quinto lugar para abajo como en cuenta regresiva y me acuerdo que entre las diez que estábamos en la pelea quedó la de Zacatecas, esa que le conté que traía bien bajo el escote para impresionar. Pues bueno, empezaron a decir el quinto, el cuarto, el tercero y nos quedamos siete muchachas que yo decía seré segunda porque del sexto patrás sí se me hubiera hecho injusto pero en eso dicen segundo lugar Señorita Yucatán ¡ella era la favorita! y la de Zacatecas, mire, no lo digo por mula pero estoy segura de que se creía la ganadora, tenía la cara tiesa tiesa, se mordía los labios y las manos le sangraban de tantos padrastros que se había arrancado. Pobre, la desilusión que se llevó cuando me dieron el primer lugar; se debe haber traumado porque la echaron hasta el noveno... Entonces me abrazaron todas y yo les pedía pellízquenme pellízquenme porque estoy soñando. Se acercó Marilú con la capa quemada y luego subió al escenario la Señorita del año anterior a ponerme la corona y a darme el cetro que era de plástico, ya ni la amuelan. La orquesta tocó una diana y me pusieron enfrente como veinte micrófonos. Yo dije en la torre, ora qué digo porque ya ve cómo se me complicaba hablar en público y lo peor era que todos se habían quedado en silencio así que ni modo, tuve que improvisar y comencé diciendo no tengo palabras para agradecer... y por suerte se vinieron los aplausos, Paco Malgesto me hizo el quite y ya no tuve que decir nada, sólo posar para los fotógrafos que me dejaron ciega de tanto flashazo. Luego de ahí subí a mi recámara a contestar llamadas. Hablé con mi mamá y con Agueda que estaban llore y llore de felicidad y me gritaban mucho Selene, ora a ganar el Miss Universo. De plano esa noche no pude dormir. A la mañana siguiente me acuerdo que de tanto sonreír me dolían los cachetes y bueno, mejor ahí lo dejamos porque mi primer show es a las nueve, ya me tengo que ir a trabajar... ¿Mañana viene con el fotógrafo?

VII

Si ésta es la casa del Senador —pensó Selene— quiere decir que en el gobierno son muy liberales.

El póster gigante de una rubia desnuda montada en motocicleta daba la bienvenida a los visitantes de la ultramoderna residencia en Polanco. Una lámpara de luz negra alumbraba la sala, dando a las paredes una coloración lila. Dos enormes almohadones forrados con piel de camello hacían las veces de sofás. Los muros estaban decorados con pinturas pop: de una chistera salían parvadas de guitarras eléctricas que flotaban en un cielo azul cobalto, festonado por un arco iris; un joven melenudo se orinaba sobre una bandera norteamericana; de las ramas de un árbol pendían jeringas, senos y manzanas. Selene se ruborizó al descubrir un Príapo en miniatura junto a la escalera. El tocadiscos tocaba a todo volumen una canción de los Creedence. Selene no conocía a nadie y temía que alguien se acercara a preguntarle quién era porque si decía la verdad iban a martirizarla toda la noche con preguntas sobre el concurso. Por fin Rodolfo volvió a su lado, la tomó del brazo y se dirigieron hacia el ángulo de la sala donde los esperaba un hombrecillo de sesenta o sesenta y cinco años, hinchado del rostro y medio borracho, que vestía suéter Mao color de rosa y traía colgado un medallón de oro con el símbolo *hippie* de amor y paz.

—Licenciado Escalante, le presento a Selene —dijo Rodolfo.

Selene lo saludó con un tímido apretón de manos y le preguntó por su esposa. Escalante se hizo el sordo y cruzó con Rodolfo una mirada de complicidad, como reprochándole que no hubiera aleccionado bien a Selene. Después Rodolfo la regañaría por indiscreta:

—El Senador está separado de su mujer, cómo se te ocurre preguntarle por ella. Sólo se ven en las ceremonias oficiales.

Nadie más le fue presentado. En algún momento tuvo la impresión de que el resto de los invitados —los jóvenes sentados en posición de flor loto y las parejas que se besaban en los almohadones— eran extras contratados para crear ambiente de discoteca. A pesar de su indiscreción, Escalante simpatizó rápidamente con ella. Hablaron de modas: al Senador le fascinaba la minifalda, dijo que estaba en estudio un proyecto de ley para hacerla obligatoria.

—Cómo será usted que nomás me está vacilando —dijo Selene, contenta de haberle caído bien al jefe de su esposo.

De política, Escalante no quería saber nada.

—Para eso hago las fiestas, criatura, para olvidarme de tantos problemas.

Una rubia que no traía brasier le cambió el vaso a Escalante y a Selene le preguntó qué deseaba.

—Un vermú, por favor.

Por motivos que Selene no comprendía, Rodolfo los había dejado solos. La conversación tomó rumbos cosmopolitas: a ella lo que más le gustaba del mundo era Nueva York, porque no había indios, sólo negros. España era bonita pero chica y en las playas el agua estaba demasiado fría. Odiaba a los franceses porque un recepcionista maricón la trató mal en París. El Senador, por su parte, le contó anécdotas de viaje: pifias cometidas por otros políticos en reuniones interparlamentarias, graciosos equívocos en Argentina porque la esposa del secretario de Gobernación se llamaba Concha, nombre muy comprometedor entre los chés... ¿Sabía Selene lo que significaba? Aprovechó la circunstancia del ruido para decírselo al oído y su aliento hizo cosquillas a Selene, que tímidamente apartó la cabeza para eludir sus labios. Para ella fue un alivio que la sacara a bailar, pero un alivio momentáneo, porque las piezas movidas terminaron pronto y siguió una larga secuencia de calmadas —*Hey Jude, Esta tarde vi llover,* etc.— que el Senador aprovechó para tomarla de la cintura y acariciarle la espalda cariñosamente, como a un pura sangre. A la tercera o cuarta pieza (el disco de Simon & Garfunkel se eternizaba) las caricias se convirtieron en ardientes rasguños. Escalante se estaba poniendo cachondo y Selene no sabía cómo enfriarlo.

Su temor era que Rodolfo apareciera en cualquier momento y se agarrara a golpes con el Senador, porque entonces sí, adiós a su carrera en la Procuraduría. Pero a Rodolfo se lo había tragado la tierra. En la planta alta se oían risas de hombres. Cuando el Senador le dio una tregua subió las escaleras y entró a una recámara donde cuatro guardaespaldas jugaban dominó. Al verla suspendieron la partida y abrieron desmesuradamente los ojos. No conocían a su marido, pero estaban a sus órdenes para llevarla a casa cuando terminara la fiesta.

Abajo, el Senador la esperaba impaciente.

—¿Qué pasó, mi reina? Creí que ya te habías ido.

—Cómo cree, nomás subí a buscar a Rodolfo. ¿Usted no sabe dónde está?

El encargado del tocadiscos se inmiscuyó en la conversación:

—Hace rato que se fue por unas botellas de vino —informó, gesticulando como si contuviera una carcajada.

La salida de su esposo la tomó por sorpresa y no tuvo tiempo de reflexionar (lo haría semanas después, tarde ya para cualquier aclaración) que estaba en esa fiesta en calidad de obsequio. Rodolfo había tenido la gentileza y el tacto de esfumarse porque pretendía que el Senador le pagara ese gesto recomendándolo para la Jefatura de Servicios Periciales de la Procuraduría. Selene era propensa a la infidelidad y el ambiente la propiciaba. Esa noche, ofendida por el abandono de su esposo y envalentonada por el vermut, decidió aprovechar la oportunidad y ligarse a Escalante. Creyó engañar a Rodolfo, cuando en realidad él había preparado la ocasión. El Senador resultó más tímido de lo que esperaba. Habían dado ya las tres de la mañana cuando le pidió que lo acompañara al estudio porque le quería mostrar su colección de monedas. Selene se hizo la desentendida porque sabía que, a cierta edad, los hombres daban un excesivo valor a la inocencia. Escalante estaba separado de su mujer, quizá le faltara poco para divorciarse y ella podía reemplazarla en el futuro. Una vez casada con él, se buscaría un amante mejor que Rodolfo. Por el rostro del Senador podía imaginar que su esposa era gorda, asexual, mojigata, muy buena para preparar romeritos. En las comisuras de sus labios creyó leer el hastío de las mil noches que había pasado junto a esa provinciana fodonga.

El estudio era también sala de juegos. Una mesa de billar y otra de ping pong rodeadas de trofeos, libreros y diplomas. Lo sorprendente fue que el Senador le mostró, de verdad, de verdad, la prometida colección de monedas: dólares del siglo XIX, doblones de la época de Carlos IV, un cofrecito lleno de rublos acuñados en el cincuentenario de la revolución rusa. Escalante las sacaba de una vitrina y se las daba a Selene, que alternativamente comentaba "qué linda" o "qué padre" y ya empezaba a creer que lo de ver moneditas iba en serio cuando el acucioso numismático le sobó las nalgas.

—Estése quieto —lo regañó, haciéndose la ofendida sin dejar de sonreír.

Se resistía para hacerle creer que por obra de sus manos, de su fuego viril, seduciría nada menos que a una Señorita

México. El forcejeo duró hasta que juzgó oportuno doblegarse y correspondió con torpes caricias de virgen a la fiebre de Escalante. Parecía que el Senador había almacenado en sus fauces todo el alcohol del planeta, pero Selene, creciéndose al castigo, metió la lengua hasta el fondo de su cavidad bucal como si buscara un tesoro detrás de las encías. Sin interrumpir el beso, el Senador la fue llevando hasta la mesa de billar y en ella se recargaron: ahí le desabotonó la falda, la blusa, y de un apasionado empellón la obligó a recostarse sobre el paño. Selene se prestaba a la farsa con seriedad y profesionalismo: cualquiera hubiese creído que de verdad estaba excitada. Mientras gemía de placer, su mente se ocupaba de preocupaciones domésticas: mañana debía recoger la minifalda roja en la tintorería, pedirle a la criada que encerara el piso, llamar por teléfono al jardinero... Dentro de Selene pero fuera de sí, Escalante alcanzó el clímax y se apoyó en la vitrina de las monedas para resisitir el desenlace. La caída fue aparatosa pero nadie la escuchó, porque los discos seguían a todo volumen. El Senador quedó sepultado bajo una montaña de dólares, rublos y doblones. Selene se levantó pálida, convulsa y encabronada porque la vitrina le había pillado el dedo meñique. Al ver el tesoro desparramado en el suelo se puso a recoger monedas y a guardárselas en la bolsa, en el brasier, en donde le cupieran, aprovechando que Escalante seguía como en éxtasis. Pero en el momento del robo se arrepintió (era estúpido quemarse por esa morralla) y alcanzó a deshacerse del botín antes de que el Senador se recuperara del sofocón. Su honradez tuvo recompensa: en un arrebato de ternura, Escalante le regaló su medallón *hippie*, que valía cincuenta mil pesos, para compensarla por el dedo apachurrado.

Salieron del estudio y al poco tiempo apareció Rodolfo. Yendo por las botellas de vino se le había ponchado una llanta y no traía refacción. Sentía mucho no haber acompañado a su jefe. De acuerdo, ya no le hablaría de usted. Ah, se había olvidado de agradecerle la televisión a colores, qué regalazo de bodas.

—¿Nos vamos, mi vida?

Y Selene se despidió del Senador con un tímido apretón de manos.

A partir de aquella noche se perdieron el respeto y la confianza. Rodolfo fingía no darse cuenta de que Selene se acostaba con el Senador y ella pronto adivinó que su marido ascendía en la Procu por obra de sus descuidos. Evitaban las recriminaciones porque habían establecido un acuerdo tácito de no mencionar al tercero en concordia para mantener un saludable autoengaño: oficialmente el triángulo no existía. Selene acarició la esperanza de atrapar al Senador aun después de saber que seguía viviendo con su esposa y no era fácil que se divorciara pronto, porque la necesitaba para su carrera política. Rodolfo pretendía, con el tiempo, llegar a Jefe de la Interpol. Pensaba que podía trascender su condición de guarura porque tenía mejor aspecto que sus compañeros de servicio y de niño no había padecido miseria. Su madre, una próspera locataria de La Merced, le había dado todo desde chico. "Si no estudié fue porque me encantaba el desmadre" solía decir, a manera de disculpa. Pero le habían prometido un título de abogado con la firma del rector de la Universidad (valían cien mil pesos en el mercado negro) y sólo esperaba el momento oportuno para graduarse, de preferencia con mención honorífica.

En los primeros años de matrimonio, la prosperidad se mezcló con el hastío. Rodolfo ganaba un dineral entre su sueldo y los trabajos que le hacía por debajo del agua al Senador Escalante. Vivían en Lindavista, en una casa con alberca, y rentaban la que Selene había ganado en el concurso. Ella nunca trabajó, porque a Rodolfo no le gustaba que su mujer anduviera en la calle. Su moral desconcertaba a Selene. Permitía lo de Escalante pero la abofeteaba por puta si decía que un actor de telenovelas era guapo. En esa época Rodolfo y Selene todavía figuraban en las páginas de sociales. La ex señorita México recibía invitaciones para todos los eventos sociales de importancia (cocteles en embajadas, estrenos de teatro, fiestas de la asociación Pro Defensa del Niño Golpeado) aun tres años después de haber ganado el concurso. Ella siempre atribuyó el declive de su popularidad a la mala impresión que su marido causaba en esos ambientes. No tenía conversación y cuando la tenía era un desastre, porque lo delataban sus temas y las peculiaridades de su léxico (estuvistes, vinistes). Cuando le preguntaban a qué se dedicaba respondía que era funcionario de la Procuraduría. Pero nadie se engañaba con respecto a sus funciones. Cada vez que Rodolfo salía de viaje, Selene se veía con el Senador en la mansión sicodélica de Polanco.

—¿Qué soy para ti, papito? —le preguntaba después de que hacían el amor.

—Una mujer sensible, culta, que me da todo lo que yo pueda querer en la vida.

Escalante se preciaba de conocer a las mujeres. Tenía un tacto supremo para los regalos: alternaba las cajas de bombones y los arreglos florales (detalles de ternura) con brazaletes, automóviles y hasta un rancho en Zacatecas que Selene no llegó a conocer, porque lo invadieron campesinos sin tierra poco después de que Luis Echeverría llegó a la presidencia.

En 1968 la fortuna le sonrió de tal manera a Rodolfo que se compró un Mercedes Benz. Decía que sus superiores —no sólo el Senador sino también el jefe Cueto y otros políticos— le estaban muy agradecidos por su desempeño en la represión del movimiento estudiantil. Selene apenas entendía de qué se trataba eso de las manifestaciones, pero le daba gusto que su marido prosperara del modo que fuera, pues así no dependía tanto de los regalos de Escalante. Veía con la misma indiferencia las quemas de autobuses que los comerciales de Fab. Al día siguiente de la matanza de Tlatelolco se puso furiosa cuando interrumpieron el programa de Los Polivoces para informar que la Secretaría de la Defensa declaraba su lealtad a las instituciones y lamentaba el fallecimiento de cuatro soldados.

Por esas fechas, yendo de compras, presenció una escena que la inquietó sobremanera: en las puertas de un gran almacén, dos niños rubios, indudablemente de buena familia, cantaban *Aleluya* de Massiel —la canción de moda en la radio— cambiando la letra original de la pieza por invectivas contra el gobierno: "Ésas son las cosas que nos hacen repudiar / el gobierno loco del fascista Díaz Ordaz..." El incendiario contenido de la canción contrastaba con sus voces angelicales y chillonas. Al acercarse descubrió que leían una hoja mimeografiada que seguramente habían recogido del suelo. Entonces llegó la madre de los pequeños delincuentes políticos y Selene le advirtió que tuviera más cuidado con lo que cantaban sus hijos. La señora leyó el papel, se puso pálida, dio un par de nalgadas a los güeritos y desapareció angustiada entre la clientela del almacén.

Esa misma noche, cenando, le contó el incidente a Rodolfo.

—Si nos descuidamos, al rato hasta a los bebés nos hacían comunistas estos hijos de la chingada —y golpeó el plato con el tenedor, manchándose la corbata de mole.

Escalante cayó en el ostracismo al terminar el sexenio de Díaz Ordaz. Ignorado por el nuevo presidente, que no había sido su candidato a la silla, se retiró con todo y doblones a Zacatecas y Selene comprobó, decepcionada, que había perdido el tiempo acostándose con un viejo político provinciano que, pese a sus empeños por estar a la moda, era en el fondo un hombre conservador, extremadamente apegado a su familia y a su latifundio de cuarenta mil hectáreas. Agotada su principal fuente de ingresos, tuvo que resignarse a las nada espléndidas mesadas de Rodolfo, que tampoco veía claro su futuro en la nueva administración. El brusco recorte presupuestal se reflejó en el deterioro de la casa de Lindavista. Por falta de mantenimiento, la alberca se convirtió en un pozo de agua estancada y el jardín trasero en un solar insalubre, lleno de ratas que se guarecían entre los breñales. Vendieron el Mercedes Benz y dejaron de viajar a Las Vegas. No más visitas a centros nocturnos ni fines de semana en Valle de Bravo. Rodolfo aseguraba que mejoraría su situación cuando tomara posesión el nuevo gabinete: bastaba que uno de sus amigos quedara bien colocado. Pero meses después del cambio de poderes seguían en la cuerda floja.

Un domingo llegó a casa con una herida de bala en el hombro. No quiso decir quién le había disparado. Tampoco llamar a sus ex compañeros de la Judicial: ya no estaba en buenos tratos con ellos. La sirvienta debía decir que había salido de viaje si alguien preguntaba por él. Estuvo cuatro días encerrado a piedra y lodo, recibiendo las atenciones de Selene, que al sentirlo vulnerable volvió a mirarlo con ternura: el baño de sangre lo había ennoblecido. Si Rodolfo tenía problemas con la justicia, si ya no era un matón con placa, sino un gallardo bandido, ella sería su cómplice y su aliada, su abnegada soldadera. Lo del Senador Escalante cayó en el olvido: se quisieron tanto o más que cuando eran novios. Como precaución, Rodolfo le ordenó que no bajara a saludar a sus invitados excepto cuando él se lo pidiera. Pero ella, desde la escalera, se estremecía escuchando las amenazas, las mentadas de madre, los relatos de secuestros y asaltos bancarios. Cada vez que oía la sirena de una patrulla se lanzaba en brazos de Rodolfo y lo amaba como si a la mañana siguiente fueran a llevárselo preso.

A consecuencia de tales arrebatos quedó embarazada. Guardó el secreto durante dos semanas para que la revelación coincidiera con el diez de mayo. Ese día estuvo esperando, ansiosa, el regreso de Rodolfo. Se asomaba por una rendija de la persiana cada vez que oía un motor, una risa de hombre, un silbido. El sueño la estaba venciendo cuando sonó el claxon. Lo recibió con una sonrisa de júbilo.

—Felicítame.

—¿Por qué?

—¿Cómo que por qué? ¿No sabes qué día es hoy?

Y a quemarropa le asestó la noticia: iban a tener un bodoquito, un muñeco de carne, como decía la canción. Lejos de alegrarse con la noticia, Rodolfo dejó escapar un bostezo.

—Pues te me vas a abortar mañana, porque ahorita no podemos tenerlo, las cosas están muy duras —y le dejó cinco mil pesos en la mesa del comedor.

No se atrevió a contrariarlo, pero tampoco a obedecer su orden, que le pareció monstruosa. ¿Cambiaría de opinión si le hablaba del asunto un día que no estuviera de mal humor? Dejó correr el tiempo y el hijo semideseado seguía creciendo en su vientre. Rodolfo, lleno de preocupaciones, olvidó preguntarle cómo le había ido con el aborto. Las pocas noches que dormía en casa (no daba explicaciones cuando faltaba) caía como un fardo sobre la cama y cerraba los ojos antes de que Selene pudiera murmurar las palabras humildes —pensadas y repensadas hasta en el menor detalle— con que le pediría el indulto del niño. La indiferencia de Rodolfo abría un precipicio en el centro de la cama y Selene se dejaba caer hasta el fondo, hasta el otro extremo de la noche, donde comienzan las rotondas infinitas del insomnio. En esa convulsa espera del despertar ajeno, percibía los ruidos más sutiles y remotos: el crujir de la madera y sus propios latidos, el goteo de un grifo mal cerrado, los maullidos lastimeros de una gata solidaria con sus angustias, que parecía compadecerse del condenado a muerte.

La mañana de un día lluvioso, más por agotamiento que por valentía, se decidió por fin a solicitar clemencia, aprovechando que Rodolfo se había levantado de buen humor y silbaba canciones rancheras en el baño.

—Oye, mi vida...

Con sólo escuchar el preámbulo, Rodolfo recordó el embarazo y adivinó lo que seguía.

—Ni madres, ya te dije que no podemos. ¿Qué no entiendes, carajo? Estoy harto de tus necedades.

Selene pensó qué hubiera hecho la gata en una situación como ésa. Desollar al verdugo de su prole o por lo menos morir defendiéndola. No era difícil sorprender a Rodolfo mientras se pasaba la toalla por los testículos, frotándose con la dureza de los hombres que temen ser delicados hasta consigo mismos. No era difícil vaciarle la treinta y ocho y dejarlo desangrarse hasta que la alfombra de peluche se tiñera de rojo, hasta que su muerte bajara en hilillos por la escalera... Pero ella no era gata preparada para la guerra, sus uñas de princesa no sabían arañar ni manejar un revólver y fue incapaz de convertir su rabia en acción.

    Rodolfo salió esa mañana para Sinaloa. Ella pidió que le subieran el desayuno a la cama y se quedó acostada todo el día, en una especie de insomnio diurno, siguiendo el vuelo de los mosquitos que chocaban en la ventana. Un tiempo muerto: eso era su vida. Se tapó la cara con la almohada como para esconderse del niño. Hubiera querido esfumarse junto con su falta de coraje, que poco a poco se iba convirtiendo en modorra, en tibia claudicación. Afuera, en la calle, sonaban las tristes notas de un teponaxtli acompañado de tambores y cascabeles. Eran los herederos de Moctezuma, los bailarines desempleados que salían de Aztlán todas las mañanas, ataviados con penachos y taparrabos, a vender su mitote de casa en casa. El sonsonete acabó de vapulear los frágiles nervios de Selene: imaginó una escena macabra en la que su hijo era conducido a la piedra de los sacrificios.

    —¡Dales cinco pesos para que se larguen! —gritó a la sirvienta. Pero cualquier ruido callejero tenía ese día una connotación funesta. Cuando sonó la campana de la basura recordó la escena de *Víctimas del pecado* en que una prostituta se libraba de un recién nacido echándolo a un basurero. Paradojas del cine: ahora sentía compasión por la villana. Matar al nonato le parecía más atroz que matar a su madre. A doña Catalina tenía razones para odiarla; a su hijo no lo conocía y por lo tanto lo amaba. Pensó en sus ingenuas declaraciones a los periodistas: "Lo más importante es realizarme como mujer, como actriz y sobre todo como madre". Rodolfo y el destino la obligaban a dejar su realización en el basurero. Aguijoneada por el masoquismo, se levantó de la cama y sacó del clóset el grabado con el poema *Ley* de Rudyard Kipling. Lo había comprado creyendo que Rodolfo aceptaría gustoso su paternidad, como si las margaritas se hubieran hecho para los judiciales. El contenido edificante de los versos, que le costaba trabajo descifrar entre los arabescos de la letra gótica, intensificó su desasosiego y su dolor de estar viva:

> *Si quieres amarme bien puedes hacerlo,*
> *tu cariño es oro que nunca desdeño,*
> *mas quiero comprendas que nada me debes,*
> *soy ahora el padre, tengo los deberes...*

En la mesita de noche había un frasco de Valium, la única solución posible. Ingirió tres pastillas de golpe. Rodolfo las tomaba para los corajes; tendría que pedir otra receta porque había decidido tragárselas todas. Al décimo Valium afloró en sus labios la sonrisa mecánica y falsa que había deleitado a los fotógrafos el día de su consagración. Ahí estaban otra vez, al pie de la cama, deslumbrándola con sus flashes. En cada explosión de luz veía una imagen distinta: el medallón *hippie* del Senador Escalante, la cara de Rodolfo, el cadáver atlantista de su tío Casimiro. De pronto los fotógrafos la dejaron triunfando sola y tomó su lugar el grupo de danzantes aztecas. Lo encabezaba un sacerdote con un niño en los brazos. Tenía la dentadura verdinegra del tesorero Villanueva y cantaba una canción de cuna que los demás coreaban con chillidos espeluznantes. El cortejo se internó en un cementerio de automóviles. En la cima de una pirámide de chatarra, Selene esperaba a los bailarines con la cara pintarrajeada y el traje típico de Valdés Peza que lució en la final de Miss Universo. El sacerdote hacía una seña para que sus corifeos lo dejaran subir solo y al llegar a la cúspide de la pirámide le presentaba el cuerpecito de la víctima. Selene sacaba de su rebozo un cuchillo de obsidiana de tamaño colosal y de un tajo certero cercenaba la cabecita del niño, que al rodar por la pendiente le gritaba: "¡Mamacita, qué buena estás!" con la voz aguardentosa de Ultiminio Santa Cruz. Horrorizada, Selene quería precipitarse tras la cabeza parlante, pero la detenía Marilú Dorantes, coordinadora artística del sacrificio, gritándole que la escena debía repetirse porque no había sonreído en el momento del degüello.

Se salvó de morir intoxicada gracias a la sirvienta, que tenía instrucciones de llamarla cuando empezara la telenovela Colgate y al entrar al cuarto vio el frasco de Valium abierto, la cama deshecha, el poema de Kipling tirado en el suelo y a su patrona boquiabierta y amoratada.

Cuando el médico de urgencias del Hospital de la Raza, en un tono de tristeza profesional, informó a Rodolfo que había muerto el hijo que su mujer esperaba, juró que no sabía una palabra del embarazo. Acababan de readmitirlo en la Judicial y no estaba para oír sermones de los doctores.

Aseguró también, de mala gana, que su esposa no había padecido ni padecería nunca trastornos mentales:

—De pendejo me hubiera casado con una loca.

* * *

LA BODA NO FUE TAN RUMBOSA ni tan publicitada como Rodolfo hubiera querido, porque Selene se había distanciado de su familia y en esas condiciones no pudieron invitar periodistas, que habrían hecho maliciosas conjeturas sobre la ausencia de los Sepúlveda. Selene ya se había casado por la Iglesia, y la muerte no la separaba todavía de Baltasar, pero su prometido quería marcha nupcial, arroz, pajecillos, alfombra roja, y le consiguió una falsa fe de bautizo para que Dios se hiciera de la vista gorda. Tampoco en el Registro Civil hubo problemas. Rodolfo era un mago en materia de trámites y remuneró generosamente a un juez que adecentó el borrascoso pasado de Selene haciendo perdediza el acta de su primer matrimonio. Asistieron a la boda, por parte de la novia, las amistades un tanto circunstanciales que había hecho en la etapa azul de su reinado (Marilú Dorantes fue madrina de lazo) y por parte del novio políticos de medio pelo, comandantes de la Judicial, dueños de centros nocturnos a los que vendía protección.

Los Violines de Villafontana amenizaron un banquete sencillo, pero tan profusamente rociado de buenos vinos que un colega de Rodolfo se despidió del salón balanceando a los meseros. Los recién casados no presenciaron la batalla campal que se produjo a continuación porque minutos antes habían salido rumbo al aeropuerto. Pasaron su luna de miel en el hotel Las Brisas de Acapulco. Descartaron Miami porque Selene ya se había cansado de viajar por el extranjero. El inglés no se le daba y para qué iba a sufrir en un ambiente extraño. De vuelta en México, el regalo más espléndido que la pareja encontró fue un televisor a colores que les enviaba "con sus mejores deseos" el Senador Escalante. Cuando leyó la tarjeta, Rodolfo casi levitó de alegría. Tenían que visitar al licenciado para agradecérselo personalmente.

Su noviazgo fue breve, pero falto de intensidad. Se conocieron en un foro de los estudios Churubusco. Rodolfo estaba cumpliendo un encargo de Escalante, que le había ordenado proteger día y noche a una baladista —su favorita de entonces— metida en problemas de narcotráfico. La narcobaladista protagonizaba una película de jóvenes a gogó donde Selene hacía su tercera presentación estelar en el cine mexicano (los productores insistían en presentarla una y otra vez para que su nombre destacara en los créditos). La filmación estaba en receso porque se había descompuesto una cámara. La de refacción, recién comprada en San Diego, aguardaba el permiso de Industria y Comercio para salir de la aduana. Rodolfo ofreció sus buenos oficios para solucionar el problema y en menos de tres horas el rodaje continuó con el aparato importado. El productor y el director se lo agradecieron efusivamente. Hasta querían darle un pequeño papel. Nadie hubiera descubierto, bajo la envoltura de sus palabras afectuosas, cuánto lo aborrecían y despreciaban. Para ellos era el típico guarura que merodeaba por los estudios con la esperanza de ligarse a una estrellita segundona, moviendo cielo y tierra para dárselas de influyente. A Selene, por el contrario, le pareció un funcionario más amable y apuesto que el galán de la película. Deslumbrada con su esclava de oro, se dedicó a observarlo desde lejos, advirtiendo que llenaba de pavor a sus ayudantes con sólo tronar los dedos. El encuentro se produjo cuando ella le comentó a la maquillista —en voz alta, para que Rodolfo escuchara— que una pandilla de su colonia la molestaba. De inmediato él acudió a ofrecerle, por tiempo indefinido y hasta que los pandilleros escarmentaran, la vigilancia de dos agentes que se apostarían día y noche a las puertas de su domicilio.

—Y si no entienden por las buenas, les damos una calentadita para que aprendan a respetar a las damas.

—Se lo agradezco mucho, qué buen detalle, pero no le quisiera causar molestias.

Fue Rodolfo quien se apostó en su residencia (la casona de La Herradura que se había ganado en el concurso) para ya no moverse de ahí. Selene daba gracias a la vida por ese nuevo pretendiente con el que su felicidad se completaba en el aspecto sentimental, según confió a un reportero de *Ovaciones*. Tenía contrato para filmar cuatro películas y se cocinaba ya el guión de su primer estelar. Tomaba clases de actuación en la escuela Andrés Soler, de danza moderna con Roberto y Mitzuko, bailaba en las jaulas del programa *Orfeón a gogó* y medio México la reconocía en la calle. Pero el éxito le pesaba, porque ya no rendía cuenta de sus actos a nadie y le faltaba un control, un asidero para no marearse. Nostálgica del tiempo en que otros decidían y pensaban por ella, sus nuevas responsabilidades le daban pavor. De pronto, a su regreso de Europa, se había encontrado con que era más libre de lo que suponía. Más libre, también, de lo que necesitaba. Rodolfo era espléndido y discreto. No le importaba Baltasar ni quería saber quién había sido su padrino en el certamen. Comprendía —y eso la tranquilizaba— que lo del "Señorita" en esos concursos no era más que un membrete, pero no por ello la trataba como puta. Era lo que Selene consideraba un hombre de mundo y su chequera parecía inagotable. Se les veía en el hipódromo, en el Mauna Loa, en el Gran Premio de México. Selene lo quería con una sola reserva: Rodolfo insinuaba que no la dejaría trabajar cuando se casaran, y ella, que apenas empezaba a disfrutar su popularidad, no se resignaba a perderla por complacer a un macho. Pero cuando reclinaba la cabeza en el hombro de Rodolfo, cuando él llegaba en el Mustang convertible y se quitaba el saco para protegerla del frío, dudaba seriamente de su vocación: el mundo del espectáculo era deslumbrante, sí, pero incompatible con el matrimonio. Con Rodolfo tendría seguridad, ternura, hijos: un estelar que nunca le ofrecerían los productores de Churubusco.

VIII

¿Tenía mucho rato tocando?... Discúlpeme, es que me quedé dormida, nunca duermo siesta pero después de comer me sentí cansadísima... Mucho gusto, Selene Sepúlveda para servirle. Voy a darme una arreglada y enseguida vuelvo, es que no quiero salir en las fotos con estas lagañas. Sírvase mientras tanto, ya sabe dónde está la botella... Si no hay vasos en la despensa lave uno en el fregadero, bueno, dos por si su compañero va a querer. También se lo pueden tomar en el frasquito de mayonesa. Está limpio ¿eh? ahí me tomo yo mis licuados. Es que de plano nunca tengo tiempo para los trastes. Voy a cerrar la ventana, no vaya a ser que se grabe el ruido de los camiones. Odio esta maldita calzada, cada vez que pasa un tráiler siento que tiembla. No me tardo ¿eh?... Ahora sí ya estoy para lo que se les ofrezca. Nos quedamos ayer en la coronación ¿verdad? Bueno, pues al día siguiente me recibieron en mi casa con mariachis y toda la cosa y mi mamá me regaló un suéter tejido por ella misma que decía ese ese Señorita México sesenta y seis. Las eses eran mis iniciales ¿no ve que me apellido Sepúlveda?... Oiga, no vaya a tomar fotos de la recámara, es que no he podido sacudir y el público va a decir que vivo en una pocilga. Pues le contaba, los vecinos afuera de la casa hacían cola para darme mi abrazo pero los notaba tímidos, sacados de onda, no sé, como que para ellos era distinta por haber competido en las mises. La portera hasta me besó la mano, de a tiro me sentía la primera dama. Como a la semana me trajeron las llaves de la residencia que gané y fuimos a verla con Agueda y mi mamá y otros de la colonia que se nos pegaron. La pobre casi se desmaya cuando vio la cocina integral. Inmediatamente me inscribí en el Instituto Jarmon Jol para aprender inglés porque Marilú quería que yo no llegara tan bruta al Miss Universo ¿no? que por lo menos supiera lo suficiente para una conversación. Si de algo me arrepiento es de no haberle seguido con el inglés, en serio. Es que hoy en día quien no lo habla está perdido, mire, donde usted vaya, Francia, Polonia, Italia, si no sabe el idioma dellos no importa, porque de seguro hay gente que sabe inglés. Aprendí lo suficiente para defenderme, lástima que sólo faltaban tres meses para el viaje y con los preparativos no podía estudiar. Me traían como loca visitando que la casa cuna de Tlalpan, que la escuela para niños ciegos, que el hospital de la mujer, fue una labor social de veras muy padre, muy positiva. La gente cree que cuando una gana el concurso se dedica a la buena vida y a ir de fiesta en fiesta, pero no es cierto, una tiene que llevarle su presencia y sus palabras de consuelo a los necesitados. Es increíble la cantidad de cosas que se aprenden. No crea que sólo a comportarse en sociedad y a tener buen gusto para la ropa y para la vida en general, eso es lo de menos. Lo bonito son las vivencias. No sé qué filósofo dijo que la vida es la mejor universidad pero yo creo que tenía toda la razón porque a veces las cosas que nos han pasado valen más que una carrera, bueno, ésa es mi opinión muy particular. Lo único triste de esos días fue que no me dejaban ni saludar muchachos porque mi conducta tenía que ser de lo más intachable. Marilú me repetía no hagas cosas buenas que parezcan malas, y yo a encerrarme bajo siete llaves, qué más me quedaba. Otra cosa que la gente piensa equivocadamente es que a nosotras nos persiguen los hombres cuando salimos de mises. Bueno fuera. Pasa todo lo contrario, se lo juro. Y no por lo cortas que nos traen, lo que pasa es que ellos mismos se hacen a un lado, se achicopalan porque piensan ¿cuándo se va a fijar en mí la Señorita México? Así que una se queda muy coronada, con su cetro y su diploma, pero más sola que la capital en Semana Santa... No, de ninguna manera, siempre he pensado que hice un buen papel en el Miss Universo. El público deposita sus esperanzas en una y se olvida de que en otros países hay mujeres tan bellas como las nuestras. Yo lo que digo es que ganar es cosa de suerte. Por ejemplo, cuando concursé había por lo menos doce chicas que francamente no había a cuál irle. ¿Por qué ganó la sueca y no las otras? Por buena suerte y ya. Lo que más me impresionó cuando llegué a Nueva York fue el gran profesionalismo de la gente del show. Y eso que Marilú me tenía acostumbrada a la disciplina ¿eh? pero ni comparación con los gabachos, ellos todo lo hacen medidito con el reloj. Teníamos que estar en los estudios de la ene be ce a las ocho veinticinco de la mañana y cuidado con llegar un minuto tarde. Una vez nos retrasamos porque yo no encontraba las medias y el coreógrafo puso una carota de este tamaño y la pobre Marilú disculpándose porque ella era la que sabía inglés. El peor lío lo tuvimos con mi pelo. Marilú se empeñó en que saliera de trenzas en la parte de los trajes típicos, pero como la mula peinadora se hacía la que no entendía me las tuvo que hacer ella y se tardaba siglos porque yo en aquella época tenía el pelo bien tupido. Ahora ya no me sale tanto porque con el tinte anaranjado que uso para el show los vasos capilares se me debilitan y se me hacen unas entradotas, yo creo que a este paso me voy a quedar pelona, pero me dijeron que hay un tratamiento de regeneración del cuero cabelludo que hacen unos alemanes, no me acuerdo el nombre, unos que están en Insurgentes ¿usted los conoce?... Otro problema fue que la orquesta tocaba el jarabe tapatío como si fuera la marcha fúnebre, ve que los gringos todo lo hacen a su antojo. La Señorita España les dijo de groserías a los músicos porque su fondo musical que era una jota aragonesa, sonaba como twist. Y luego estaban empeñados en que yo saliera de manola porque ellos confunden nuestro folclor con el de España, no distinguen a un mariachi de un bailarín de flamenco. Imagínese, yo traía un vestido de tehuana precioso diseñado por Valdés Peza, cómo lo iba a dejar guardado. Menos mal que Marilú se puso enérgica y los amenazó con protestar ante el consulado si me obligaban a vestirme así. A Dios gracias iba ella conmigo porque si he ido sola me hubieran puesto la peineta, bueno, eso si les entendía porque ya ve cómo hablan de rápido. De la ciudad vi poco pero me fascinó ¿eh? Nos llevaron a ver dos comedias musicales padrísimas, no me acuerdo de sus títulos, y luego en un tur dimos la vuelta por Jarlem y los negros nos hacían de señas, yo pensaba orita se descompone el camión y nos violan a todas. Era la mera época de los conjuntos de rock y todo mundo andaba con la greña hasta el piso, no se sabía si eran hombres o mujeres y apestosos que parecía que nunca se habían bañado... Gracias a Dios se terminó esa moda. Mire, qué le parece si mejor me las toma de este lado porque tengo una cicatriz en este ojo, fue de un accidente que tuve hace años en la carretera de Puebla, una volcadura, no me pasó nada pero me tuvieron que coser el párpado... Pues le digo, era espantoso ver a esos jipis y no porque fuera yo una fresa como decían entonces pero francamente no le encontraba el chiste a eso ni al rock pesado, que vino después. Los Bitles me gustaban al principio, cuando tocaban Míchel y esas cosas pero luego se volvieron igual de gruesos. Para mi gusto el mejor conjunto que hubo fueron los Monkis ¿pero a qué venía todo esto?...

Ah, sí, le hablaba de Nueva York. Me tocó ver algunas cosas que yo decía, caramba, tengo suerte de vivir en México, porque de a tiro son muy deshumanizados. Vimos a un señor que gritaba porque le habían robado la cartera y nadie le hacía caso, haga de cuenta que puros maniquís pasaban a su lado. Aquí seremos tercermundistas pero todavía nos queda un poquito así de piedad cristiana, oiga. El mero día del Miss Universo recibí un telegrama de la colonia mexicana en Nueva York deseándome la mejor de las suertes; qué linda gente, hasta porra me llevaron y eso que los boletos para el Radio City eran carísimos, costaba veinte dólares uno de las últimas filas. Salí a dar lo mejor de mí misma porque me había tomado muy a pecho lo de poner en alto el nombre de México. El animador fue Yoni Carson; ahí nada de improvisar, hasta para ir al baño tenía que consultar el guión, no se crea, no se crea, es broma. Marilú me había regalado en México un libro que se llamaba *El secreto del éxito,* donde daban fórmulas para triunfar en todo lo que uno se propusiera. Decía que en los momentos difíciles de la vida uno tenía que repetir con el pensamiento, dentro de ti está lo mejor del universo, tú eres el poder y la fuerza, dentro de ti está lo mejor, y así como tarabilla. Cuando pasé frente al jurado iba recitando esa letanía con toda el alma porque de veras de veras quería ganar. Después he pensado que mi error fue repetir eso de lo mejor está dentro de ti, porque necesitaba justo lo contrario, o sea, sacar al exterior mi encanto, mi charm, como dicen allá. Pero ni modo, a veces una se equivoca de método. En los ensayos me hice muy amiga de la Señorita Costa Rica. Ella iba como de vacaciones, era milloneta y decía que le daba lo mismo si ganaba o perdía, pero cuando la descalificaron se me puso a llorar en los hombros y yo pensaba ¿no que no, chavita? Dijeron las malas lenguas que ganó la sueca porque los gringos necesitaban quedar bien con Suecia para que le dieran el Premio Nobel a un científico recién escapado de Rusia ¿usted cree? Por cierto me acuerdo que una noche en el hotel me puse a revisar la lista de participantes y que me voy dando cuenta que ni Cuba ni Checoslovaquia ni ningún país socialista mandaba representación. Le pregunté a Marilú por qué y ella me dijo que ahí encarcelaban a las mujeres más bonitas para que tuvieran hijos rechulos con los dirigentes del partido comunista y que por eso no había mises, puras camaradas… De Nueva York fuimos en vuelo directo a París. Por poco y nos quedamos porque yo de despistada me dejé el pasaporte en el baño de la cafetería. Suerte que allá sí son honrados y lo fueron a entregar al departamento de objetos perdidos. De ahí en adelante Marilú me llevó los papeles y el dinero porque vio que de plano yo no servía para viajar. Si quería comprarme ropa o alguna cosita para mi hermana le pedía dinero y ella me apuntaba los gastos en una libreta. Me administró tan bien los viáticos que al final hasta me sobró. En cada lugar donde llegábamos nos estaba esperando una persona que nos llevaba al hotel y se ponía a nuestra disposición para lo que se ofreciera. En Francia nos llevaron a chorros de museos y yo pensaba, caray, si mi papi estuviera aquí conmigo, porque a él le fascinaba la buena pintura, o sea de los grandes maestros. Los franceses y yo decididamente no congeniamos. Qué antipáticos son ¿eh? Bueno, todos menos Yan Pol Belmondo, a él sí lo quiero, pero los de la vida real son insoportables, se creen superiores al resto del mundo. Cada vez que nos hacían de leperadas yo me acordaba del cinco de mayo, aunque pensándolo bien se merecían que les recordara el diez. Marilú los odiaba igual que yo, sólo que ella no se dejaba tratar mal y si un mesero se tardaba con la cuenta daba unos cuantos gritos en francés y asunto arreglado. En Bélgica salimos en el periódico. Nuestro guía nos llevó de madrinas, bueno, a mí me llevó, a un campeonato de natación. Le puse la medalla de oro al que ganó en cien metros y creo que se enamoró de mí porque quién sabe cómo averiguó el hotel en donde estaba y me estuvo llame y llame al cuarto. Me superfascinó Brujas, es como el pueblito de los cuentos de Cachirulo. Cenamos en un restorán que daba a uno de los canales. Yo esperaba siempre que Marilú ordenara para no regarla. Esa vez íbamos con el guía y con otro muchacho amigo suyo que no hablaba español y nomás se reía conmigo. Eso sí, tenía una risa muy contagiosa, al rato, yo no sé si por el vino, todos nos reíamos porque pasaba la mosca. Él decía Mecsicou Mecsicou y se ponía a hacer ruido con la boca y la mano como los indios pielrojas. Marilú ligó con el guía. Al día siguiente, cuando salimos para Italia, la estaba esperando en el restaurante y yo para no hacer mal tercio me fui dizque a poner postales, pero luego como se estaba tardando mucho le empecé a hacer señas de que ya nos fuéramos porque nos iba a dejar el avión y ella se despidió y luego andaba medio triste, se me hace que la última noche no durmió sola. Eso lo digo aquí entre nos ¿eh? no lo publique porque van a decir que me ando metiendo en la vida privada de la gente y eso yo lo respeto mucho... Cuando llegamos a Roma hablé por teléfono con mi familia, bueno, hablé es un decir porque gritaba de la emoción y también me comuniqué con Televicentro para dar mis impresiones del concurso. Aquí decían que había sido un robo. Le digo que la gente se apasiona demasiado. En donde sí me robaron fue en Florencia. Dejé mi bolsa en el asiento trasero de un taxi y el chofer se arrancó como poseído... No, de valor nada, lo que me dolió fue que ahí llevaba unas fotos que me tomaron con Yoni Carson. Luego fuimos a Venecia y nos encontramos a la de Costa Rica, que andaba en las mismas que yo. Un gondolero le pellizcó las pompas y se puso fúrica, lo quería acusar con la policía pero Marilú le dijo que así se usaba en Italia y ella toda apenada fue a pedirle disculpas. Cómo vi catedrales, qué bárbara. De todos colores y sabores, góticas, barrocas, neoclásicas... Mire, cuando una va a Europa y ve esas grandes obras ya no le pueden salir con que un montón de fierros retorcidos es una obra de arte. Arte el de Miguel Ángel: La Piedad, El David, El Coliseo. La de Costa Rica, con todo y lo bruta que era, me contó que se quedó como ida cuando vio la capilla sixtina. Es que de veras impresiona pararse bajo esa cúpula tan magnífica. Son maravillas que se ven una sola vez en la vida, por eso yo pensaba, grábatelo bien, mana, porque quién sabe cuándo vayas a regresar... Sí, claro que he seguido viajando, ¿a poco me vio cara de pobre? Iris y yo íbamos a tomar un crucero a las islas griegas el año pasado pero tuvimos que cancelarlo porque las dos teníamos la agenda llena de compromisos. De Italia nos pasamos a España, que fue el último país que visité, pero donde más tiempo estuve. Acababa de entrar el verano y hacía mucho calor. Yo feliz porque traía unas blusas preciosas de Nueva York. Marilú me decía que no me las pusiera porque me veía demasiado pechugona, pero en eso sí no le hice caso. ¿A usted se le hace que tengo mucho busto? ¿Verdad que no es para tanto? Comparada con las que salen ahora en el pleiboi hasta plana soy... No se imagina qué alivio fue para mí llegar a España, ya estaba harta de oír idiomas que no entendía... Pero sírvale otro güisqui a su amigo, que ya se lo terminó... Sí, en España todo fue muy distinto. Allá nos quieren mucho a los mexicanos, no hay casa donde no haya por lo menos un disco de Jorge Negrete. Lo más bonito era la seguridad que había para pasear de noche. En Madrid nos íbamos de discoteca en discoteca a pie ¿usted cree? porque no tenían delincuencia. Bueno, seguro habría una poca pero era nada comparada con la de aquí de México. Una amiga regresó hace poco de allá y me dijo que ha cambiado mucho el ambiente. Ahora la gente se queda en su casa porque le tiene miedo a los terroristas. Y luego dicen que los dictadores son malos. Sí, Chucha, cómo no. Con Franco había prosperidad y las calles eran seguras, eso me consta. Y nadie se inyectaba droga en plena Gran Vía. Para mí que a nosotros los mexicanos lo que nos hace falta es un Franco que viniera a sacudirnos la hueva a punta de balazos, porque sólo así vamos a entender, pero mejor ya no le sigo porque hasta malas palabras estoy diciendo, y además de religión y de política nunca se debe discutir… En España comí como muerta de hambre. Marilú me decía ya párale, vas a regresar hecha un tonel, pero es que me servían botanas de butifarra, jamón serrano, langostinos, y luego platos de cocido, de paella, qué bárbaros, cómo tragan allá. Pero lo mejor de todo es la gente, no es como aquí que no nos hablamos y vivimos cuidándonos hasta de nuestra sombra. Ellos aunque no se conozcan se gritan y se tutean. Eso sí, ni loca me casaba con un español. Tienen un genio que ni su madre se los aguanta y aparte les encanta pelearse por cualquier cosa. En Toledo me despedí de la de Costa Rica, que luego se casó con un yunior de por allá. Hace años me escribió diciendo que se aburría en San José. Le contesté que prendiera el radio. El último día fuimos a los toros y el Palomo Linares bien lindo me brindó su faena. Perdí la montera en la última mudanza, me hubiera gustado mostrársela. Contando los quince días en Nueva York, el viaje duró casi dos meses. En el avión de vuelta iba yo nerviosa porque pensaba, te han de haber destrozado porque no quedaste ni entre las veinte finalistas, pero qué va, me recibieron con muchísimo cariño. No supe ni quién me puso el sombrero de charro con el que salí retratada en el periódico. Ya me andaba por volver a México, nunca me había separado tanto tiempo de mi familia, le juro que me dieron ganas de besar el suelo como hizo el Papa cuando vino. Parece mentira, pero se cansa una de ver tanto mundo.

IX

AL SALIR DE LA SALA DE EQUIPAJE, lo que más irritó a Selene fue que Ultiminio Santa Cruz, su padrino, su amante, su protector, no hubiera mandado al chofer a recogerla. Tanto le dolió ese desaire que ni siquiera se fijó en la ausencia de periodistas ni reparó en el trato frío y distante del personal del aeropuerto, que semanas atrás se había apelotonado en la salida internacional para despedirla. El fracaso en Miss Universo había devaluado su belleza. En el taxi, conducido por un anciano que estuvo a punto de chocar de tanto verle las piernas, trató de buscar una explicación a la grosería de Ultiminio: quizá el idiota del chofer se había equivocado de puerta y la estaba esperando en la de vuelos nacionales. ¿O acaso Ultiminio, harto de esperarla, se había enredado con otra tipa que ahora tenía el chofer a su disposición? Santa Cruz le había prometido que al regresar de Europa encontraría la casa de La

Herradura amueblada como ella lo había ordenado: al estilo Luis XV. Ya no estaba muy segura de que hubiera cumplido su palabra, con todo y que hasta entonces el líder jamás había dejado sus promesas en el aire: le había regalado el Datsun en Navidad, le dio su apoyo para ganar el concurso... pero alguien durante su ausencia, Villanueva tal vez, que le guardaba rencor porque ya no se acostaba con él, pudo haber conspirado en su contra, inventarle una infidelidad o convencerlo de que su muchachita lo abandonaría cuando terminara de exprimirlo.

Sus temores se disiparon cuando llegó a su nueva residencia, todavía olorosa a pintura fresca, y encontró una sala que en nada desmerecía junto a las que acababa de ver en el Petit Trianon. Emocionada marcó el número de Ultiminio para darle un cálido apapacho telefónico:

—El señor Santa Cruz murió la semana pasada, señorita. Estamos de luto aquí en el sindicato... No, señorita, fue de un infarto. Le dio en pleno congreso de la CTM. Ya no se pudo bajar del presidium.

Colgó la bocina y se desplomó sobre una silla cubierta de plástico. Su repentina viudez le había dejado una sensación de irrealidad. Era imposible que la gente se marchara así como así. Pensó en el grado de corrupción que a esas alturas había alcanzado el cadáver y lo imaginó junto a ella, agusanado y tumefacto, tratando de penetrarla con una hilacha de carne podrida. ¿Esa repugnancia era todo lo que le quedaba de Ultiminio? Apenas el sábado anterior habían conversado por teléfono. ¿Le habló desde Toledo, la ciudad de los muertos porque tuvo un mal presentimiento? No, le habló para entretenerse en algo porque estaba sufriendo una crisis de tedio turístico. Había preferido aburrirse en el hotel que aburrirse visitando la casa del Greco y llamar por larga distancia resultaba más apasionante que jugar el décimo solitario.

—Vaya, chula, hasta que por fin te acordaste de mí. Los muchachos del comité decían que de seguro te habías ligado a un gachupín. Ya los conoces, envidiosos que son —estaba tomando y al fondo se oían las carcajadas de sus incondicionales—. ¿Verdad que no le gusta la fabada, mi amor? ¿Verdad que nomás el mole?

Había retrasado esa llamada por sus dificultades para entenderse con las operadoras de otras partes de Europa. No sabía cómo pedirles la comunicación: su inglés consistía en una decena de monosílabos que pronunciaba con voz entrecortada por el miedo a profanar una lengua desconocida. Y a Marilú no podía pedirle esa clase de favores: hubiera preguntado quién era Ultiminio, por qué le hablaba, y ella no le tenía confianza en cosas de hombres. La organizadora del concurso la trataba con cálida indiferencia. Después de París le había soltado la rienda: ya no se preocupaba de llamarla a su recámara cuando no bajaba a tiempo para tomar el *tour*. Su obligación había terminado con el Miss Universo, y bastante hacía con servirle de lazarillo como para ser, además, su niñera.

Más que ciudades, Selene conoció y disfrutó habitaciones de hotel. En Florencia estuvo a sus anchas porque la cama era blanda y el baño tenía una simpática regadera de mano que le hacía cosquillas en las axilas, en el ombligo, en la mariposa negra del pubis. En Roma se dedicó a ver la tele: comedias, programas musicales, noticieros que no entendía pero que miraba con aplicación, esperando un reportaje sobre México. Se arrullaba con largas entrevistas de políticos locales y no salía de su letargo hasta que la noche le daba la mejor noticia: ya era hora de bajar a cenar. De buena gana —en todos los países que visitó— habría pedido que le llevaran la comida al cuarto, pero la infranqueable barrera del idioma y la obligación de acompañar a su tutora le impidieron holgazanear a gusto. París era una suite llena de cuadros del Sena, con un directorio telefónico obeso que hojeaba como si fuera un folleto de atracciones turísticas. Le gustaba oprimirse la nariz frente al espejo del tocador y decir trabalenguas imitando el español nasal del guía de turistas, cuya voz había oído tres horas seguidas en el recorrido por el Louvre, que para ella fue la más ilustrativa de las torturas. Ahí confirmó algo que siempre había sospechado: los adoradores del arte eran hipócritas, presumidos y esnobs. A los eventos sociales tenía que asistir por compromiso, pero nadie podía forzarla a soplarse las funciones de ópera, las visitas a catedrales y monumentos. Hasta la Torre Eiffel la decepcionó: después de subir al Empire State que no le vinieran a ella con esqueletos pelones.

Una desagradable aventura la disuadió de conocer la ciudad por su cuenta. Una mañana, repentinamente avergonzada de su pasividad, se armó de valor y salió a caminar sin rumbo fijo por las calles de París. Apenas había dado treinta pasos la invadió el terror. Quería pasar inadvertida, pero su cuerpo no era fácil de esconder: se encogía de hombros para que su pecho no sobresaliera tanto y movía las caderas con deliberada rigidez (ella, la gloria nacional del contoneo), como si le apenara existir de una manera demasiado rotunda. Las miradas amenazadoras de los transeúntes (que en realidad eran homenajes a su belleza) le ponían los complejos de punta: por más que ocultara la cabeza en su caparazón de tortuga, seguía siendo una defectuosa tortuga mexicana. Su presencia en París era como la de una bacteria en un estómago desconocido y hostil; para estar a salvo tenía que perderse en la multitud, pero algo, su piel o su aliento, delataban su condición de microorganismo extranjero. Decidió detenerse en una parada de autobuses porque sentía que engañaba a alguien —al departamento de migración, quizá— mimetizándose con los habitantes de un país que no era el suyo. "Si alguien me tomara una foto aquí en la esquina —pensó— creería que soy una secretaria francesa saliendo del trabajo." Esa idea la tranquilizó durante unos minutos, pero cuando el camión se detuvo, la cola de pasajeros que se había formado tras ella la empujó hacia la puerta y no tuvo más remedio que subir como si en verdad fuera una parisina urgida de transportarse a alguna parte. Implacables en su mecánico ascenso, los pasajeros no la dejaron remar a contracorriente para bajar antes del arranque. Sin duda sabían de dónde era y se habían puesto de acuerdo para darle un escarmiento: a una orden del chofer le pedirían el pasaporte, y cuando descubrieran su verdadera nacionalidad la tirarían por una ventana, maldiciendo a Benito Juárez. Para colmo, en la parte trasera del autobús un empleado empezó a cobrar los pasajes. Un segundo más y estaría junto a ella. Hurgando en su bolsa encontró una moneda; era la salvación. Pero al sacarla descubrió con asco el águila y la serpiente. Maldita Marilú, ¿porque se había quedado con todo su dinero? Antes de lo que había calculado, el cobrador le extendió un boleto y dijo una frase áspera, incomprensible. Selene sólo acertó a negar con la cabeza y a señalar su bolso, a sabiendas de que no tenía excusa ni escapatoria: el autobús había recorrido un buen trecho y si no pagaba la llevarían a la cárcel. Entonces, cuando el empleado comenzaba a impacientarse y murmuraba lo que Selene creía las peores injurias, un obrero cabizbajo que había presenciado la escena pagó su pasaje y le devolvió la vida. Obligada a dar una muestra de gratitud, Selene venció su timidez:

—Mercí, mesié, que Dios se lo pague —y en la siguiente parada bajó del camión con lágrimas en los ojos.

Imposible dar con el hotel después de aquel extravío. Una solución drástica se imponía: detuvo un taxi y le mostró al chofer la tarjeta con la dirección del hotel que Marilú le había escrito para casos de emergencia. El taxista debió de pensar que era sordomuda, porque al llegar al hotel le indicó el precio de la dejada con las dos manos abiertas: diez abusivos francos. Igualmente mímica, Selene juntó el índice con el pulgar pidiéndole que la esperara tantito. A la carrera cruzó el vestíbulo y en espanglés tartamudo suplicó al recepcionista que le prestara para el taxi: "I give the money cuando my friend come back". Ocupado en leer el *Paris Match,* el recepcionista ni siquiera se dignó mirarla. Selene pensó que ahora sí nadie la salvaría del calabozo. Iba a pedir clemencia al chofer del taxi cuando llegó Marilú Dorantes, y después de tranquilizarla con un dejo de burla, salió a pagar el taxi que había subido la cuenta a 18 francos.

Lo que más le desconcertaba de Marilú era su falta de sinceridad. Sabía despreciar con cariño, herir sonriendo. "Te cuido como si fueras virgen —parecía decir con sus dulces modales— porque sé que eres una putita en ciernes." ¿Acaso Ultiminio había negociado el premio con ella? ¿Estaban confabulados para hacerle creer que había ganado el certamen por sus propios méritos? Al principio del viaje intentó descifrar con esas conjeturas el hermetismo de la organizadora, pero cuando la fue conociendo mejor (mientras los países desfilaban frente a sus ojos como transparencias desafocadas) comprendió que su discreción era un arma defensiva. Acostumbrada al pastoreo de las bellezas, Marilú no se mezclaba con su hermoso ganado más allá de lo estrictamente necesario: una confidencia inoportuna, una señal de complicidad, y la tomarían por una alcahueta.

La comilona del vuelo Nueva York-París le dejó un cólico de tres días. Viajaba en primera clase, y mientras Marilú dormía una falsa siesta (cerraba los ojos para no tener que soportar la conversación de Selene), sobre su mesita iban acumulándose copas, entremeses, platos fuertes que no sabía cómo rechazar. El desperdicio de comida era pecado mortal y prefirió indigestarse a desobedecer el único mandamiento noble que había aprendido en la infancia. La sobrecargo ya no le preguntaba si quería la siguiente vianda: le ponía de todo lo líquido y lo sólido que llevaba en la bandeja. Su capacidad de ingerir se agotó en las primeras horas de vuelo y el resto de los manjares volvieron a la cocina mordisqueados o con manchas de lápiz labial. El aterrizaje la sorprendió en el baño, vomitando su buena educación. Al salir dijo a Marilú que se había mareado con las turbulencias del viaje. Tenía restos de caviar hasta en el ombligo.

El hotel Park Lane hervía de mujeres hermosas cuando llegó la delegación azteca. Un funcionario del consulado mexicano en Nueva York las había recibido en el aeropuerto Kennedy prodigándose en elogios para la belleza de Selene, que según él era comparable a la de Dolores del Río en sus buenos tiempos. Iba con ellas una enviada especial de la revista *Vanidades* y el comentarista de Televicentro que tenía a su cargo la transmisión de la ceremonia. La Señorita Corea del Sur respondía preguntas a los periodistas, lívida y quebradiza como una muñeca de porcelana. Un grupo de filipinos suplicaba al gerente del Park Lane que les permitiera subir al cuarto de su representante, en tanto que Miss Argentina se quejaba de la organización del concurso y exigía que le dieran una suite igual a la de la Señorita Inglaterra, que tenía vista a Park Avenue. Desde que vio por primera vez a sus contrincantes, Selene comprendió que Ultiminio la había sobrevalorado al asegurarle que las caballonas europeas le hacían los mandados: ni siquiera estaba segura de vencer a las chaparritas de Asia. Trató de hacerse un bloqueo mental para evitar las comparaciones, pero el ambiente de competencia las propiciaba. Estudiar a las más hermosas resultaba un desalentador ejercicio de masoquismo. El busto de la Señorita Inglaterra —estudiante de Antropología que hablaba cuatro lenguas vivas, además de latín y sánscrito— era una parábola perfecta que ningún hombre podía ver sin estremecerse. Miss España dominaba el arte de sonreír con todo el cuerpo, como pidiendo que la desnudaran. En el renglón de las morenas, la Señorita Venezuela también la superaba por amplio margen: sus ojos de color violeta y sus muslos firmes, rotundos, insultantes, volvían locos a los camarógrafos de la NBC. Después de alternar con ellas en traje de baño, Selene se veía en el espejo y examinaba su desangelado cuerpo: tenía caída la nalga derecha, flacas las pantorrillas, una fatal cintura que no se angostaba lo suficiente y senos de nodriza (los juguetes preferidos de Ultiminio) que se le salían del brasier haciendo un desventajoso contraste con su trasero escueto y mezquino. Con su rostro estaba peleada a muerte. Literalmente, no tenía cara para concursar. Ensayaba sombras audaces, maquillajes que resaltaran sus pómulos, cremas para no verse tan mofletuda, pero los reflectores derretían la plasta de cosméticos y al andar por la pasarela sudaba un líquido negro que desfiguraba sus facciones y le producía escozor. Entraba en su camerino a darse un retoque, y cuando por fin se creía presentable para volver al ensayo, el encontronazo con la soberbia hermosura de sus adversarias le desbarataba la presencia de ánimo, el amor propio, la ilusión de sentirse bella.

Las cuarenta y siete candidatas debían participar en un espectáculo musical. Cantarían a coro un popurrí de Frank Pourcel acompañado con una coreografía sencilla pero vistosa en la que levantaban, entre todas, una enorme lona que tenía dibujado un mapamundi; al final del número mostraban el reverso de la lona con el logo turístico de Nueva York: I♥NY. Fue necesario practicar seis horas más de lo previsto porque Selene y la Señorita Costa Rica se retrasaban a la hora de desdoblar el mundo. Notando su torpeza y su incapacidad para la danza, el coreógrafo las colocó en la zona menos visible del escenario, pero aun así echaban a perder el show. Enredadas con el sencillo sistema de cables que permitía extender y voltear la lona, borraban del globo terráqueo la península de Kamchatka y las Islas Fidji. Tuvieron que sustituirlas por dos modelos profesionales.

En México había grandes esperanzas de que Selene triunfara o por lo menos quedara entre las finalistas. Por fin, después de varios tropiezos malinchistas, enviaban a una verdadera belleza vernácula y no a rubias desabridas. Diariamente Marilú se comunicaba al Distrito Federal para que Selene fuera entrevistada por los comentaristas de prensa, radio y T.V.

—¿Cómo se ha sentido en esta etapa de preparación? ¿Confía en obtener un lugar destacado?

—Mire, estoy muy contenta, muy orgullosa de representar a México en un evento de tanta importancia, y creo que tengo posibilidades de hacer un buen papel.

—¿Qué tan bueno?

—Lo mejor posible.

—¿Hay nerviosismo?

No quiso comprometerse pronosticando un triunfo que sabía imposible. Ahora no contaba con la chequera de Ultiminio para ganarse a la prensa neoyorquina y era improbable que los miembros del jurado descubrieran su belleza interior, a menos que la destriparan.

El público mexicano se llevó un cruel desengaño con su temprana eliminación. Ella, en cambio, se sintió feliz y relajada. Marilú dejó de tratarla como esclava y pudo dedicarse en cuerpo y alma a disfrutar la estupenda recámara del hotel. Fue sin duda la más suntuosa de cuantas ocupó. Todos los días, la administración le mandaba una orquídea que deshojaba sádicamente, arrojando los pétalos a la taza del baño. El refrigerador enano la seducía y amedrentaba. No resistía la tentación de abrir las botellitas de licor pero lo hacía con cautela, esperando que saliera de la ginebra un geniecillo guardado durante siglos. No bebía; se preparaba tragos que dejaba sobre la mesita de noche o bien tiraba al excusado, donde se mezclaban con los pétalos de orquídea formando una extraña mixtura. Contemplaba, desde su balcón, las calesas que venían de la Quinta Avenida y luego se perdían bajo las copas de los árboles de Central Park. Por la tarde recibía la visita de Miss Costa Rica (se habían hermanado en el fracaso), que le hablaba de su novio, hijo del presidente de la República, mientras se limaba las uñas. Se llamaba Claudio y tenía un Porsche último modelo. Era una lata salir con él acompañada por su séquito de guaruras, que no lo dejaban ni a sol ni a sombra. El día de su despedida le había llevado serenata con la Sinfónica de San José ¿no era lindo eso? Una de sus amigas le había dicho que Claudio era homosexual, pero Miss Costa Rica no lo creía: "Afeminado tal vez, pero a la hora de la hora…" y bajaba la voz para referir los detalles decisivos de su intimidad. Endulzaban sus charlas devorando chocolates Milky Bell: era el único momento en que podían desquitarse de las dietas que sus respectivas madrinas les imponían. Selene inventaba historias de amores imposibles para no escandalizar a su amiga contándole sus amores reales. Su amante no era un junior sospechoso: era un líder sindical que podía ser su padre.

* * *

SANTA CRUZ NO ENTENDÍA que mientras durara el reinado de Selene tenían que extremar las precauciones para verse, incluso evitar los encuentros. Su mentalidad de camionero se sublevaba ante la prohibición: ¿para qué se había metido al Señorita México si ahora tenía que privarse de lo que más le gustaba en el mundo? Ella le recordaba, una y otra vez, que había entrado al concurso por sugerencia suya, pero Ultiminio, cuando le convenía, tenía muy mala memoria. La víspera del viaje de Selene a Nueva York, se presentó en la recámara del María Isabel con la pretensión de quedarse hasta el amanecer.

—Imbécil. ¿Qué tal si te vio un periodista tocando la puerta? ¿Sabes lo que iban a decir de mí?

Pero cuando Ultiminio traía copas encima era terco hasta la sinrazón. Empecinado en quedarse a dormir, farfulló, en el reiterativo lenguaje de los borrachos, una interminable serie de amenazas contra los botones que habían querido detenerlo en el vestíbulo por venir en estado inconveniente, y en un acceso de furia rompió su vaso contra la falsa chimenea que sobresalía de la pared. Ella no sabía cómo contenerlo. Si pedía ayuda a la recepción el escándalo pasaría a mayores; si lograba sacarlo del cuarto valiéndose de un ardid sería capaz de tirar la puerta para volver a entrar. Por fortuna, Ultiminio cayó al poco tiempo sobre su cama y cerró los ojos, noqueado por el alcohol. Selene bajó al estacionamiento del hotel y encontró a los guaruras del líder dormidos en el interior de un Galaxie negro. Ellos se encargaron de sacarlo a rastras y de llevarlo a su casa. Horas después, cuando Selene terminaba de hacer sus maletas, lista ya para salir al aeropuerto, recibió llamada de Santa Cruz. Pedía mil disculpas y juraba que el desaguisado no se repetiría, porque a partir de ese momento dejaba de tomar:

—¿Me perdonas, mi vida? Cómo no voy a estar desesperado si te me vas dos meses, ponte en mi lugar... De acuerdo, me porté mal, pero entiende que si hago esos escándalos es porque te quiero. Ándale, perdóname, no seas rencorosa.

Selene continuaba en plan intransigente. Se había portado como un cerdo, no quería verlo nunca más. Que se olvidara de amueblar la casa de La Herradura: no quería deberle favores a un borrachín. Iba a colgar la bocina cuando llamaron a la puerta: era el botones. Dejó sobre la mesita del teléfono una cajita que contenía un anillo de oro con una esmeralda engastada. Acompañaba el obsequio una tarjeta de Ultiminio con la palabra *perdóname* y la fecha del cataclismo alcohólico. Se lo puso en la mano derecha y extendió los dedos: el brillo del oro y el verde de la esmeralda arrojaban destellos de gloria sobre su piel morena.

—Está bien, te perdono, pero que sea la última vez que te pones así.

X

Prepárese porque llegamos a la hora romántica… No, no se crea, es broma. Mire, antes de que entremos al capítulo de Rodolfo quiero aclarar que no acostumbro hablar de mi vida privada. Voy a hacer una excepción por tratarse de una revista tan prestigiada ¿no? tan leída. Ya es hora de que el público conozca a la verdadera Selene Sepúlveda para terminar con los rumores que hay sobre mí, bueno, que hubo en esa época, porque a últimas fechas ya me han dejado tranquila. Me inventaron que yo era amante de un tenista, de un líder sindical, del director de la Lotería, bueno, con decirle que hasta de Chabelo, el cómico. Cuando uno gana el Señorita México la prensa le sigue la pista dos o tres años y aunque se haya pasado el tiempo del reinado creen que tenemos que seguir portándonos como santas. A veces me veían cenando con un amigo, y sin averiguar en qué plan andábamos publicaban que yo estaba comprometida con él y que ya había fecha para la boda. Qué irresponsables ¿no? Con los muchachos que no me importaban pensaba yo, bueno, qué más da que digan lo que digan, pero justo a la semana de que me había comprometido con Rodolfo se les ocurrió decir en una columna de chismes que andaba de novia de Gastón Santos. Por poquito y no me caso ¿eh? Rodolfo hasta quería echarle bala a Gastón. Y todo porque algún reportero nos ha de haber visto vacilando en el café de los Churubusco, porque eso sí, Gastón era bien mandado, le fascinaba estarnos pellizcando y besuqueando pero todo en broma y sin pasarse nunca de la raya. Me costó un trabajo espantoso convencer a Rodolfo de que era una mentira que habían inventado para llenar el espacio del mugroso periódico. En parte fue por ese infundio que Rodolfo me pidió que dejara el ambiente. Si de novio no aguantaba los chismes, imagínese de casado, y más que como buen policía desconfiaba de todo el mundo. Yo no quería dejar la carrera porque pensaba, bueno, ¿y tu realización personal? Pero luego comprendí que la máxima realización que puede alcanzar una mujer es el matrimonio, aunque suene cursi. En serio, no me arrepiento de haberme retirado cuando estaba conquistando un lugar en el gusto del público, porque lo que estaba en juego era mi felicidad, ni más ni menos. Hace poco anunciaron una película de Julio Iglesias con una frase re bonita: no basta con triunfar en los escenarios, es en la intimidad donde se triunfa o se fracasa, creo que decía. Mis felicitaciones al que la escribió porque para mí que tiene toda la razón ¿no? ¿Cuántos hay que darían su fama por un minuto de ternura? Qué bárbara, ora yo también estoy haciendo frases... Ya en serio le juro que si volviera a nacer escogería otra vez el hogar porque es lo que a la larga deja más satisfacciones. Ya sé, usted va a decir qué cínica, le echa porras a la familia pero trabaja de encueratriz y en parte tiene razón, pero sólo en parte, porque mi caso es muy especial, yo volví al espectáculo cuando me divorcié porque no tuve hijos y nada me impedía dedicarme a lo que yo quisiera. De lo contrario, me habría quedado cuidando a mis retoños como cualquier señora que se respete. Mientras estuve casada ni por aquí se me pasó regresar al cine, nada de sentir nostalgia por los reflectores, al revés, me daba risa acordarme de las películas que había hecho. Todos mis papeles fueron de niña boba. Bueno, de niña boba que tiene un cuerpazo pero es ingenua y no se da cuenta de que todos los hombres andan locos por ella... No, tantas no, habré trabajado en cuatro o cinco nada más. Por *La venganza del alazán* me nominaron para la Diosa de Plata, o sea que mala actriz no era ¿verdad? Me retiré justo en el momento en que le iba agarrando el chiste a la actuación. Me acuerdo que el Papi Cortés me felicitó por una cachetada que le di a Manuel López Ochoa. Decía que eran las mejores cachetadas que había visto desde las de María Félix en *Enamorada*. Hasta eso que del cine guardo un bonito recuerdo... Por cierto, aprovecho para mandarle un saludo al Tejocote, un técnico de sonido simpatiquísimo, y también a Durán, el iluminador, magnífica persona y excelente amigo. Durán me salvó la vida una vez que estábamos filmando en una hacienda en Cuautla. Habían llevado toros bravos porque íbamos a hacer una escena de jaripeo. Se suponía que Gastón Santos me dedicaba una suerte y yo le mandaba besos desde la tribuna. Pus nos estábamos poniendo de acuerdo con el director cuando un toro se brincó las trancas y todos a correrle porque nos embestía como endemoniado. Yo fui la única que se quedó parada, sin saber para dónde huir. En eso llegó Durán corriendo con su chamarra como capote y me hizo un quite que ni Manolete. Luego, cuando le di las gracias, me contó que había sido novillero en su juventud y que todavía, de vez en cuando, toreaba vaquillas. Siempre me llevé a todo dar con los técnicos, no me gustaba darme taco como algunas compañeras que no le hablaban a nadie y se encerraban en su camerino cuando no les tocaba escena. Es que a mí nunca me ha gustado discriminar a la gente, menos a la que trabaja con uno. En el Faraón me llevo de a cuartos hasta con los meseros, haga de cuenta que somos una gran familia… Oiga, ¿ya fueron a tomar fotos allá? Estaría bien que publicaran algunas del show, lástima que su revista sea familiar porque de veras tengo un número muy bien preparado, con gente superprofesional. Hace poco un empresario de Las Vegas vino a verlo y se quedó impresionado, no creía que en México hubiera espectáculos de tanta categoría… Pero volviendo a mi carrera en el cine, también me ofrecieron un desnudo en una película de pandilleros, pero no quise aceptar porque pensé donde me vea mi mamá en cueros se muere del disgusto. Hubiera sido mi consagración porque la película fue un exitazo pero primero que el éxito están los principios... Bueno, dirá usted que me estoy saliendo por la tangente porque no quiero hablar de Rodolfo. Yo me enamoré de él porque tuvo un detallazo conmigo. Una mañana iba en mi coche a los estudios bien tranquila ¿no? y en eso que volteo hacia arriba y que veo un letrero enorme, uno de esos anuncios espectaculares que ponen en las azoteas de los edificios que decía Selene te quiero, y abajo su nombre Rodolfo Hinojosa. Me sorprendí tanto que por poco me estrello contra un semáforo porque eso de ver el nombre de una tan grande, y luego con una declaración bonita, sencilla, pues se me hizo no sé, muy padre, y dije caray, si fue capaz de mandar pintar esto nada más para decirte que te quiere es porque es el amor de tu vida... Yo había salido con él dos tres veces y me caía bien pero ese día empezamos a andar en serio. A nosotras las mujeres es fácil conquistarnos con cosas así, que nos hagan sentir especiales, no digo regalos costosos porque lo importante es la intención, yo por ejemplo rechacé cantidad de joyas cuando salí de Señorita México porque se siente horrible que la quieran comprar a una. Siempre se nota cuando un hombre nos quiere sinceramente, como que nos da más nuestro lugar, nos atiende de otro modo. Rodolfo era un maníatico de los detalles, lo que más extrañé cuando nos separamos fueron las sorpresas que me daba, cositas sencillas pero que nos hacían romper la rutina... Mejor no sigo con esto porque se me salen las lágrimas, no, no es cierto, no se vaya creer, es broma, por fortuna he asimilado perfectamente el golpe de la separación y ahora vivo satisfecha de tener libertad para desarrollar mis actividades. Pues a raíz del incidente de Gastón Santos, Rodolfo agarró manía contra los periodistas, por eso no invitamos a ninguno a la boda, pero eso no quiere decir que nos hayamos casado en secreto, simplemente no quisimos que nadie se metiera en nuestro amor. Cuando salimos del banquete los compañeros de Rodolfo nos abrieron paso, ya ve que los carros de la Judicial traen antenita y sirena ¿no? así que en cinco minutos llegamos al aeropuerto porque los otros coches se nos hacían a un lado. A mí los amigos de Rodolfo me caían y me siguen cayendo perfecto, y eso que al principio no los tragaba porque pensaba uf, si son policías han de ser unos ignorantes desalmados, pero luego descubrí lo contrario, son finísimas personas, gentes de amplio criterio que pueden hablar con soltura de política, letras, filosofía, de cualquier tema. Qué le puedo decir de mi luna de miel... Simplemente que para una mujer es el momento más dichoso de su vida, bueno, ése y cuando una ve a su hijo por primera vez, pero eso no me ha tocado sentirlo... Siempre viví angustiada por la profesión de Rodolfo. Cuando lo mandaban de viaje yo me quedaba como las madres de los toreros, rezando. Él me decía que no se podía retirar, que porque lo necesitaban en el servicio, ve que tenemos desgraciadamente tantos delitos, y a mí lo que más miedo me daba era que se vengara uno de los criminales que había metido en la cárcel. Por eso mejor ni le preguntaba en qué casos andaba metido, porque era sufrir de gratis. En los tres primeros años iba todo sobre ruedas, pequeñas diferencias, eso sí, como en todos los matrimonios, pero ninguna de importancia. No le podría precisar con exactitud cuándo empezamos a ponernos de mal humor por cualquier cosa y a vernos como enemigos. Lo que sí le puedo decir es que mientras fuimos felices la gente nos veía como la pareja ideal, porque nos ayudábamos en todo y en cualquier parte nos besuqueábamos. Mire, para que una relación funcione hace falta que tanto el hombre como la mujer sean amantes y a la vez amigos, digo amantes en el buen sentido de la palabra, o sea, dos personas que se tienen amor. Mientras Rodolfo y yo fuimos las dos cosas la relación caminó, pero luego dejamos de ser amigos y nos hicimos enemigos íntimos. Ya en los últimos meses aquello era un infierno... ¿Quién será a estas horas? Espéreme tantito, voy a ver quién toca... Orita no, gracias... Nadie, un vendedor de biblias o de ratoneras, no me fijé bien... ¿Otra vez? ¡Ya le dije que no queremos!... Ay, disculpe, no, claro que sí voy a querer, lo que pasa es que antes de usted tocó otro vendedor... Es el del gas, en un momento estoy con usted... ¿Me podría dejar abierto el otro tanque, por favor? Espéreme tantito, ahorita le seguimos, nomás voy por mi bolsa para pagarle al señor... Aquí tiene... A usted, hasta luego... Bueno, le hablaba de que al final ya era imposible convivir, en parte porque Rodolfo, por favor eso sí no lo publique ¿eh? que se quede aquí entre nos, pues Rodolfo era el típico macho mexicano. Yo que siempre me estuve cuidando pa que me tocara un hombre comprensivo, moderno, buena gente, fui a parar con un energúmeno. Era celoso hasta decir basta. Con decirle que no me dejaba ni tomar unas clases de macramé que daba la vecina. Y cualquiera se cansa de vivir entre cuatro paredes ¿no? A mí al principio hasta me gustaba que me celara, para qué lo voy a negar, pero luego ya pensé ¿no será que lo hace por crueldad mental? Lo peor fue que como él andaba de viaje la mayor parte del tiempo, la cabeza se me fue llenando de dudas, pensaba qué bonito, él dándose en Tijuana la gran vida y a lo mejor revolcándose con otra y yo aquí de ama de casa sufrida. Bueno, ni tan sufrida, porque mientras vivimos juntos me trató como reina, de eso no me puedo quejar. Teníamos dos sirvientas que se encargaban de todo el quehacer y yo nomás me dedicaba a lo que me gusta ¿no? leer buenos libros, oír música clásica. Nunca le pude comprobar ninguna infidelidad, ni tampoco creo que haya tenido amantes de planta. Aventurillas tal vez, pero ahí sí no queda otra que resignarse porque ya ve cómo son ustedes los hombres de coquetos, no se crea, no se crea, es broma. Pero de todos modos se me metió el gusanillo de la sospecha que es peor que el de la curiosidad, y cuando regresaba de sus viajes me encontraba con una carota, o sea, con el gusano dentro. Él lógicamente se ponía furioso, decía que venía de jugarse la vida para que luego en su casa lo recibieran así, y yo de coraje le hacía la ley del yelo y así nos pasábamos tres cuatro días, hasta que ya me cansaba de andar callada y nos contentábamos. Esos pleitos se nos fueron haciendo costumbre y así anduvimos de tumbo en tumbo, nos dejábamos de hablar unos días y luego nos contentábamos, y luego al rato otra vez la bronca... Cuando uno ya no se puede contentar definitivamente quiere decir que se acabó el amor, eso se lo digo por experiencia. Le juro que hice todo lo questuvo a mi alcance para salvar a mi matrimonio, pero como dicen en los apagones, todo se debió a causas ajenas a nuestro control. Decidí separarme de Rodolfo Hinojosa porque como pareja se había terminado nuestro ciclo amoroso. Creo que no tiene caso prolongar una relación cuando nada provechoso puede haber en ella para las dos partes. Dentro de todo hay algo que me da orgullo: no acabamos odiándonos. Nos separamos como dos gentes maduras, civilizadas, que comprenden que ya no pueden seguir adelante pero no por eso dejan de ser amigas. Desde que nos divorciamos jamás de los jamases he tenido queja de Rodolfo, en el juicio se portó como un caballero, nada de insultos o indirectas como tantas parejas que se ponen a discutir en plena sala y hacen el ridículo porque una cosa es apasionarse y otra perder la educación. No hubo complicaciones porque ya ve que no tuvimos hijos. Nunca nos sentimos lo suficientemente preparados para ser padres, y creo que hicimos bien porque de lo contrario la criatura hubiera salido perjudicada, ya ve que luego los hijos de padres divorciados se vuelven alcohólicos o drogadictos, porque es un trauma espantoso, al niño se le crean conflictos y no sabe a quién querer más, si al papá o a la mamá, y luego acaba odiando a los dos... Por el momento no quisiera ser madre, pero tampoco descarto la posibilidad de que en un futuro no lejano pueda concebir un hijo, quizá dentro de tres o cuatro minutos, no, no se crea, es broma, dentro de tres o cuatro minutos, ja, no vaya usted a pensar que lo quiero de semental... Ya oyó lo malo de Rodolfo, ahora le voy a contar lo bueno. Era un hombre tiernísimo, perdón, es, porque todavía no se muere. Se pasaba tardes enteras besándome las manos, acariciándome el pelo, no me dejaba pintarme de tan atosigada que me traía... Y yo feliz, porque a quién le dan pan que llore. El otro día leí en el *Selecciones* que los seres humanos siempre buscamos que nuestros actos se recompensen con una caricia... Bueno, pues Rodolfo me tenía recompensada de sobra. Cumplidorsísimo en su casa. Siempre me dejaba puntual lo del gasto; bueno, se lo entregaba a la sirvienta, no a mí, porque no le gustaba que yo me encargara de ningún trabajo doméstico. Se pasaba de espléndido. Con él me malacostumbré a la ropa de fuera. No me dejaba ponerme vestidos del país, íbamos de compras que a Brónsvil, que a San Antonio y yo feliz de tienda en tienda. Con decirle que nuestra sirvienta se vestía mejor que muchas señoras de Lindavista. No me regalaba joyas, fueron joyerías lo que me regalaba el bárbaro. Le molestaba que me vieran dos veces con los mismos aretes, decía van a pensar que somos pobres. Los chamacos le encantaban... Digo jugar con ellos, no sea usted mal pensado. Yo digo que habría sido un buen padre porque veía un bebé y se ponía como loco, lo cargaba y le daba de vueltas como en los columpios. Sabía mandar. Hubiera visto cómo le obedecían sus compañeros, rapidito y sin rezongar, como si les hablara el diablo. Déspota nunca fue, pero tampoco los consecuentaba para que no se le insubordinaran. A veces hasta se tomaba una copita con ellos, pero el trago no le gustaba. Si lo vi borracho tres veces fueron muchas. Gracias a Dios porque si hay algo que no aguanto es a la gente borracha. No crea que es indirecta ¿eh? usted tómese su güisquicito tranquilo... Guapo, guapo, lo que la gente entiende por guapo quizá no fuera, pero sí muy atractivo. Tenía su pegue; en Acapulco las gringas le aventaban los perros a lo descarado, aunque no sé si a veces me los estuvieran echando a mí porque hay cada señora que si yo le contara... Pero para qué nos metemos en esos líos. Disculpe que me salga del tema pero es que nunca puedo hablar de un solo asunto. Iris se desespera conmigo pero yo qué voy a hacer si así se me vienen las cosas a la cabeza... En mis crisis emocionales tuve la suerte de que mi familia en todo momento me apoyó, y cuando me quedé sola hasta mi primo Arturo el que le conté me ofreció su casa y también unos parientes de Hermosillo, pero yo les dije no, gracias, porque ya estaba muy hecha a la capital y qué iba a hacer en provincia ¿no?... Sí, uno se queja mucho del tráfico, del esmó, de las violaciones, pero lo cierto es que la ciudad tiene muchísimas ventajas, oiga. Aquí sí puede una tener privacidad, hay mil lugares para divertirse, aquí están los mejores museos, la torre Latino, los buenos restoranes, el osito panda... Yo no aguantaría ni un mes ya no digamos en Hermosillo, ni siquiera en Guadalajara que dicen que ha crecido tanto. Qué bárbara, ni en el discurso de la Señorita México le eché tantas flores a la capital. Y mire, asómese por la ventana, vea cómo la cochina ciudad me hace quedar mal. Qué tal la nube de humo que se levantó allá por el cerro. Seguro están quemando llanta en Neza... Pobre gente, cuando pienso en la miseria que padecen allá de veras que se me corta la digestión. Pero ni modo, eso se sacan por no estudiar. Vea por ejemplo a este muchacho de allí abajo, el del crucero, ay no, qué horror. En lugar de tragar fuego en los semáforos habían de hacer una carrera técnica... ¿En qué me quedé?... ¿En que mi familia me ayudó? Pero si nunca me tiraron un lazo. Ah, no, perdón, sí, claro que sí me ayudaron, Agueda se portó lindísima conmigo, es que luego me hago bolas con mi propia vida ¿sabe? y aparte se me olvidan detalles por mi mala memoria. Lo que más fuerza me dio para sobreponerme fue la compañía de mi amá. Haga de cuenta que me cuidó como si estuviera enferma, ve que a cierta edad las señoras quieren tratar a sus hijos como si fueran niños porque así ellas se sienten menos viejas. Bueno, en realidad ella fue mi paño de lágrimas durante los ocho años que estuve casada con Rodolfo. Cuando nos peléabamos iba a desahogarme con ella y la pobre oía todas mis quejas sin decir palabra para dejarme sacar toda la rabia que llevaba dentro, pero luego cuando me callaba y me ponía a llorar empezaba te lo dije, te lo dije, para qué te fuiste a casar con un judicial, y luego ella solita se daba cuerda y acababa poniéndome pinta y pareja porque no se le hacía decente que a cada rato estuviera dejando al marido para ir de chillona, ora te aguantas, me decía, si la regaste aprende a llevar a cuestas tu cruz. Era su manera de pensar muy respetable, claro que yo no estaba dispuesta a soportar a Rodolfo hasta la muerte porque ya era la misma muerte vivir con él… Qué bonito estuvo eso, me sonó como a canción ranchera.

XI

—Mi estimado Labardini, ¿quisiera usted repetir para el público que acaba de prender el televisor, cuáles son los premios que recibirá la triunfadora de esta noche?

—Con mucho gusto, Paco. La Señorita México mil novecientos sesenta y seis ganará una lujosa residencia en Lomas de La Herradura, un viaje por Europa con todos los gastos pagados, volando por cortesía de Mexicana de Aviación, diez mil pesos en bonos del ahorro nacional, una dotación de trajes de baño Catalina, y sobre todo, el honor de representar a México en el concurso Miss Universo, que se llevará a cabo en la ciudad de Nueva York el once de junio del presente año.

—Muchas gracias, Jorge, y ahora continuamos. La segunda concursante es la Señorita Distrito Federal, Selene Sepúlveda. Adelante, Selene.

—Señoras y señores, honorables miembros del jurado, público televidente, muy buenas noches. Es para mí una enorme satisfacción estar ante ustedes representando a una de las ciudades más hermosas y más pobladas del mundo: el Distrito Federal. Hablar de mi ciudad es como hablar de mí misma. ¿Qué les puedo decir de su historia, si cada piedra de sus calles guarda el recuerdo de una gesta heroica? ¿Qué de lo que significa para los mexicanos, si aquí se encuentra el corazón de la patria? ¿Qué de su primavera inmortal, de sus grandes palacios y de su pujante industria, si todos ustedes conocen el glorioso pasado y el promisorio futuro del Anáhuac? Quiero a mi ciudad, y por eso, porque la quiero, no he venido a cantar sus primores, sino a exponer sus carencias. Por su misma grandeza, el Distrito Federal padece falta de agua, escasez de electricidad, de servicios. Diariamente nos aglomeramos en embotellamientos de tránsito y la basura se acumula en terrenos baldíos, constituyendo focos de infección. En ocasiones yo me he preguntado: ¿Cómo resolver estos graves problemas? ¿Acudiendo a las autoridades? No podemos esperarlo todo de ellas. ¿Castigando a quienes no cumplan con sus deberes de ciudadanos? Nada se logra por la fuerza. ¿Tomando medidas gástricas para...

—Drásticas —susurró Marilú, escondida tras bambalinas.

—...ejem, tomando medidas drásticas para detener el flujo de inmigrantes? Tampoco me parece el camino correcto. Lo importante, lo necesario, lo impostergable es que todos los capitalinos pongamos nuestro granito de arena y nos avoquemos a la noble tarea de construir una ciudad más limpia, más bella, más digna de nuestras familias. Muchas gracias.

Cruzó la cortina después de recibir con una genuflexión los tibios aplausos del público y se topó con la mueca despectiva de Marilú.

—Te dije que leyeras con cuidado, estúpida.

Selene agachó la cabeza aceptando su culpa y se dirigió al rincón donde la esperaba la Señorita Puebla envuelta en un aura de bondad. Ella no había notado la equivocación. La felicitó por hablar tan bonito. De haber sabido que era tan buena escritora, le habría pedido que le ayudara con su discurso. Tanto candor exasperaba a Selene. Agradeció el cumplido roja de vergüenza porque habría sido cruel desengañar a la única concursante que no le tenía envidia contándole que su discurso de contenido social había sido escrito por un reportero de *Novedades,* amigo de Marilú, a cambio de un pomo de coñac Martell.

En el salón de fiestas del María Isabel continuaba el desfile de beldades parleras, la parte más aburrida del concurso. En algunas mesas se había destapado ya una segunda botella. Los que se hallaban más retirados del escenario habían perdido todo interés en la competencia y hacían planes para continuar la parranda en el Terraza Casino o en La Fuente.

—Este año están más piñatas que nunca —dijo un fotógrafo, apurando el sexto vaso de vodka tonic de la noche.

—Lo mismo dijiste el año pasado —observó un colega.

—Y lo mismo voy a decir el año que entra.

Las señoritas de provincia ensalzaban cataratas, ríos, montañas, la fauna, la flora y la repostería de sus estados.

—Los invito a conocer el cielo de Pachuca —dijo Miss Hidalgo, dejando por los suelos el atractivo turístico de su terruño.

Las concursantes que trajinaban por el vestidor combatían su nerviosismo con risas compulsivas. El ambiente era de camaradería, pero con reservas. De dientes para afuera ninguna se creía con posibilidades de ganar: "Te lo van a dar a ti, manita, ya le gustaste a Pilar Candel". Semejaban gladiadoras esperando el momento de salir a la arena. La Señorita Jalisco acariciaba una pata de conejo, casi la masturbaba. Miss Durango lloriqueaba porque su traje de baño se había descosido. Ninguna quedaba a gusto con su maquillaje: lo retocaban con pinceladas de pánico hasta que les ardía la piel y entonces, temiendo lucir como putas, iban corriendo a lavarse la cara para comenzar de nuevo. Selene no quitaba los ojos de Marilú. En una esquina del vestidor, lejos de su rebaño, hablaba por teléfono tapándose la oreja para escuchar en medio del barullo. ¿Con quién hablaría? ¿Con el interventor de Gobernación? ¿Con el presidente del jurado? ¿Con don Paco Malgesto? Su mutismo era desconcertante. Imposible adivinar en su rostro quién llevaba la delantera. Y sin embargo, en ella recaían sus temores y esperanzas. Si Ultiminio había llevado su capricho al extremo de invertir dinero para que triunfara, Marilú tenía que estar metida en el chanchullo. Lo que la tranquilizaba era que aun sin ayuda tenía todo para ganar. Su única rival de peligro, Miss Yucatán, se había echado a llorar frente al micrófono, lo que le restaría puntos en el importantísimo renglón de "personalidad y cultura". Deseaba tanto el triunfo que sólo pensaba en la derrota. Sentada en una incómoda banca de madera, comparaba sus piernas con las de sus oponentes: hubiera querido amputárselas para vencer por *default*. Pero más que el grosor de sus muslos le preocupaba la importancia de sus padrinos. La Señorita Nuevo León era hija de un comerciante multimillonario y el padre de Miss Tabasco, poderoso cacique y jerarca del PRI, quitaba y ponía gobernadores en su estado. En buena lid no podían derrotarla, porque eran provincianamente feas ("graciosas" fue el más cálido elogio que les dedicó la prensa) pero si el título estaba en subasta, tenían dinero de sobra para mejorar cualquier oferta.

Cuando ambas fueron eliminadas, Selene caminó con más aplomo por la pasarela, como si ya sintiera el cetro en el puño. Al terminar cada recorrido aprovechaba la media vuelta para lucir su espléndido cabello negro, haciéndolo girar como un rehilete. Le arrojaban claveles que no se dignaba recoger, pero que agradecía exacerbando la sonrisa y mandando besos a sus partidarios, que momentos después eran fervientes admiradores de la Señorita Zacatecas o de Miss Chihuahua. Una gritería ensordecedora acompañaba cada mención de su nombre. Los miembros del jurado secreteaban promisoriamente. Cuando las finalistas se alinearon detrás del animador, Selene casi lloró de coraje al descubrir la colosal perfección del culo de la Señorita Yucatán, que hasta entonces le había pasado inadvertido.

—¡Esta joven tiene un eeenorme talento! —dijo Malgesto, al pedirle que diera un paso al frente.

Tocó a Selene el turno de ser anunciada. Tomó aire para que se hincharan los dos talentos con que podía opacar a la yucateca.

Era imposible saber si el jurado deliberaba o se divertía a costillas de las concursantes. Lo cierto era que las botellas de champaña y de whisky se terminaban más rápido en sus mesas que en las del resto de los invitados, quizá porque para ellos —locutores de radio, estrellas del deporte, galanes y actrices de la T.V.— el trago era gratis. Arreciaban las porras. La delegación de Guerrero improvisó una batucada con cocacolas y tenedores; tuvo que intervenir el capitán de meseros para meterlos en orden. Selene no cesaba de sonreír a los chicos de la prensa. La yucateca, en cambio, prodigaba bostezos de nerviosismo, corriendo el riesgo de ser retratada con las fauces abiertas. Entonces el interventor terminó el escrutinio y entregó el cómputo de los votos a una edecán que lo puso en manos de Paco Malgesto. Un redoble de tambores anunció que, por fin, llegaba el momento cumbre de la velada...

El público se dividió en abucheos y aclamaciones, pero el fallo de los jueces —Labardini tuvo que repetirlo— tenía el aval del interventor y era inapelable. La única llamada que Selene recibió esa noche fue de Ultiminio. Entre el júbilo y la borrachera, apenas podía articular palabra.

—¿No te decía yo que seguro ibas a ganar? Hasta la

carne se me puso china cuando dijeron tu nombre. Te felicito de todo corazón, chula. Estoy aquí brindando con los muchachos que te mandan un abrazo... Nada más un abrazo, cabrones.

Colgó la bocina y tocaron la puerta. Eran los reporteros. La vulgaridad de Ultiminio le había abollado la corona y no estaba para entrevistas, pero tuvo que recibirlos y ponerse la sonrisa de maniquí fotogénico.

—¿Con quién hablaba?

—Con mi madre, está loca de gusto.

—¿No hubo oposición de su parte para que participara?

—Por supuesto que no, ella está de acuerdo y gracias a su apoyo he salido adelante. Es una mujer, cómo le diré, muy positiva...

—¿En algún momento creyó que el triunfo se le escapaba?

Cuando la dejaron sola se miró largamente al espejo. Necesitaba cerciorarse de que seguía siendo la misma a pesar de su nueva investidura. Con la corona en las sienes y la banda de satín atravesada en el pecho parecía una muñeca de azúcar. ¿Quién se comería el pastel donde estaba parada? ¿Los fotógrafos, Ultiminio, Marilú?

No podía sentirse de carne y hueso mientras llevara el empalagoso disfraz encima. Echó sobre la cama el traje de baño, la capa, los aretes, la sonrisa, y pensó con irónica satisfacción en los menesterosos de su carne. ¿Cuántos hombres venderían su alma al diablo por estar con ella en ese cuarto? Sin quitar la vista del espejo se acarició los pezones, dejó correr la mano hacia su vientre. No era suya la mano que se deslizaba cuerpo adentro: era la mano colectiva de su grey ardiente, y con ella se dispuso a compartir la profanación, el placer de jadear a solas, convirtiendo su juego solitario en algo parecido a un servicio social. De pronto se contuvo asaltada por un sentimiento de culpa. Su cuerpo ya no le pertenecía. ¿Con qué derecho usaba y pervertía un bien de la nación? Podía salir del espejo un inspector de monumentos y gritarle que dejara de faltarse al respeto. Su desnudez era tan escandalosa como la alarma de un banco robado.

Tuvo que cerrar los ojos y apagar la luz para volver a conducir su mano al húmedo botón de las delicias. La nostalgia de su primer amante rompió la penumbra. Vio el pecho dorado, la flexible cintura de Arturo Dávalos, buscó su torpe boca de adolescente y mordió la sábana en homenaje al visitador nocturno, más querido cuanto más lejano. El cuerpo imaginado se le deshacía entre los dedos, pero al evocar el promiscuo escenario de sus encuentros, el peligro que juntos desafiaban, reaparecía con la forma y el aroma de ayer. Ahí estaba de nuevo, cruzando a tientas la vivienda de Tacubaya *(que no despierte a mamá, que no se tropiece),* lo veía deslizarse como un látigo hasta la cama donde ella lo esperaba con la más fervorosa de las taquicardias. Una mano estrechaba su pierna y ella lo aceptaba dócil y enardecida, reprimiendo las ganas de gritar cuando la penetraba, saboreando el pecado mortal de gozar a unos pasos de Agueda, que dormía como un leño mientras Arturo se aguantaba en heroico silencio los arañazos en la espalda. Se amaban casi sin respirar, entre pausas de terror cada vez que oían ruido en las camas vecinas, y al terminar, como si el orgasmo les recordara que los primos debían quererse como hermanos, se despedían con un acobardado beso en la mejilla. Hubiera querido evocar también el sueño profundo y feliz que seguía a las visitas de Arturo, porque su inusitada condición de primera dama no la dejó dormir. Estuvo toda la noche con los ojos abiertos, pasando revista a sus dominios: la ciudad iluminada que ahora soñaba con asomarse a su escote. Durante un año explotaría el monopolio de la belleza. Y lo más fabuloso era que no había hecho nada para merecerlo.

* * *

El cumpleaños de Ultiminio se festejaba con una comida en el Salón Riviera. La fecha de su nacimiento coincidía con el aniversario del Sindicato de Transportistas, que Ultiminio lidereaba democráticamente desde 1945. Selene figuraba en el presidium, como si tuviera un cargo oficial en el comité ejecutivo. Cerca de doscientos invitados coreaban el nombre de Ultiminio, patriarca del gremio camionero, en un escándalo más cercano a la falta de respeto que al homenaje. Habían soportado tres horas de discursos y ahora expresaban su apoyo al Secretario General con porras y eructos. "Incansable trabajador, líder carismático, luminoso adalid de la clase obrera" lo había llamado el Subsecretario de Trabajo, representante presidencial en la fiesta del sindicato. Las botellas corrían a discreción en la extensa mesa del presidium. Selene daba sorbos muy espaciados a su vaso de vermut, y sonreía cuando alguno de los muchachos del comité —así los llamaba Ultiminio, aunque algunos fueran sexagenarios— brindaba con ella. Las esposas de la muchachada le tenían ojeriza y trinaban de rabia por no poder demostrarla. Aceptaban a regañadientes que una jovencita (puta la llamaban cuando iban al baño) ocupara el trono que había dejado vacante la venerable Guillermina Urquiza de Santa Cruz, muerta en un accidente automovilístico después de haber dado a Ultiminio seis hijos y treinta años de abnegada compañía. No les quedaba más remedio que soportar a la advenediza: el líder se había enamorado como un borrego y no permitía que se hablara mal de Selene. Después de la comida, ya sin el estorbo de las señoras, la celebración continuaría en El Clóset, un cabaret de la colonia Condesa donde los jerarcas transportistas eran tratados a cuerpo de rey. Por lo general, Selene se aburría mortalmente en las ceremonias del sindicato. Lo peor de los achichincles de Ultiminio era que se ponían solemnes con la borrachera. Les daba por hablar de sus hijos con título universitario, exponían sus filosofículas de la existencia, gimoteaban recordando a sus mamacitas. Como empezaban a beber en la tarde no duraban despiertos más allá de la medianoche. Selene sabía lo que le esperaba en El Clóset: tendría que zarandear a Cáceres, el Secretario de Actas y Acuerdos, o a Villanueva, el Tesorero, para que pagaran la cuenta, y después acarrear a Ultiminio hasta el automóvil.

—Ulti, al Clóset no. ¿Por qué mejor no los invitas a tu casa y yo te espero en el departamento? —gritó para hacerse oír en medio de las porras.

—Porque yo quiero que estés a mi lado en mi cumpleaños. ¿A poco me quieres dejar solo? —y la amenazó con la mirada, de modo que Selene tuvo que disciplinarse.

Las vedettes del Clóset eran de quinta categoría, pero los tragos costaban como en un lugar de primera. El ramillete de adefesios que abría la variedad bailando *Los marcianos llegaron ya* rivalizaba con la orquesta en torpeza, desgano y lentitud.

—Tú estás mucho mejor que esas brujas —dijo Ultiminio.

El piropo se parecía demasiado a un insulto y Selene protestó frunciendo los labios: ¡cómo se atrevía a compararla con esas garras! Villanueva, que no perdía detalle de la conversación de su líder, creyó oportuno intervenir:

—Claro, Selene hasta podría concursar en el Señorita México.

La observación de Villanueva, como casi todo lo que decía, no fue tomada en cuenta por Santa Cruz, que ya estaba empezando a cabecear.

Selene recibía a Ultiminio todos los fines de semana en el departamento que el líder le había puesto en la Colonia Narvarte. Un viernes, dos semanas después de la juerga en El Clóset, pasaron por televisión el final del Señorita México 1965. Ultiminio había invitado a dos ejecutivos de autobuses Flecha Roja a tomarse una copa. Los acompañaban los inseparables parásitos del líder. Al inicio de la reunión los comentarios sobre las concursantes se mezclaron con discusiones cordiales (extraoficiales al fin y al cabo) sobre el próximo contrato colectivo, pero a la tercera o cuarta copa las piernas de las concursantes acapararon su atención, desplazando por completo los temas laborales, y Villanueva propuso que apostaran por sus favoritas, como en el hipódromo. Selene los miraba somnolienta, deseando que terminara pronto el concurso para que la dejaran sola. Ganó la Señorita Sinaloa. Los ejecutivos de Flecha Roja, perdiendo la compostura, gritaron que el concurso estaba arreglado: su favorita había quedado en tercer lugar.

—Con todo respeto, la señorita aquí presente está mejor que la de Sinaloa —dijo el más exaltado, sin advertir que cometía una falta de caballerosidad al tomar a Selene como punto de referencia.

Villanueva se sintió autorizado para repetir el comentario del Clóset. En esta ocasión sí logró despertar el interés de Ultiminio. El líder pidió a Selene que se levantara y diera una vuelta por la sala.

—¿Cuánto le pondrían ustedes a esta niña?

Las calificaciones oscilaron entre el ocho y el diez. Selene se volvió a su asiento y con la mirada rogó a Santa Cruz que no se burlara de ella frente a los invitados. Pero Ulti no bromeaba. Se había quedado pensativo, como fraguando un plan.

—Selene, ¿cuántos años tienes?

—Diecinueve, ya lo sabes.

—Está en la edad, compadre —terció Villanueva.

Después pidió a Selene que fuera por una cinta métrica y ordenó a Cáceres que le tomara las medidas.

—Pero sin mandarte, güey.

—Noventa y tres de busto... sesenta y dos de cintura... noventa y tres de cadera.

—¡Son las reglamentarias! —insistió Villanueva, entusiasmado con la posibilidad de que se materializara su idea.

Entonces Ultiminio se levantó del sillón, alzó el vaso y pronunció un juramento solemne:

—Yo no sé ni me importa si hay transa en el concurso, pero aquí ante ustedes me comprometo a que esta chamaca, que ocupa un lugar muy importante en mi vida, sea la ganadora del año entrante. ¡Salud!

Selene brindó con su vermut para no contrariarlo, aunque estaba segura de que no recordaría su juramento cuando se le pasara la borrachera.

El lunes por la mañana, Ultiminio tuvo que llevarla casi a rastras a presentar su inscripción. No se resistió porque se creyera fea, sino porque temía que los organizadores investigaran sus antecedentes: el matrimonio con Baltasar, su pésima reputación entre los vecinos de Tacubaya, la vida que llevaba con Ultiminio. Pero el líder la convenció asegurándole que ninguna de las concursantes tenía limpio el expediente, y en cuanto a las averiguaciones, por su cuenta corría que la dejaran libre de toda sospecha. Participó en las primeras rondas de selección sólo por complacer a Ultiminio, para quien parecía cuestión de vida o muerte su entrada en el certamen. De otro modo no hubiera aguantado los regaños de Marilú, ni se habría sometido a su triple yugo de celadora, madrastra y maestra. Pero conforme se acercaba la fecha de la eliminatoria y veía que le sobraban atributos para conquistar el triunfo, su entrega en los ensayos llegó a ser total, mística, y sus pensamientos —cuando la fatiga la dejaba pensar— se concentraron con fijeza monomaniaca en los pormenores de la competencia.

Al ser nombrada Señorita Distrito se convirtió en la consentida de los periodistas. Adivinaba la generosa mano de Ultiminio detrás de la excesiva publicidad que dieron a su victoria. Los reporteros habían perdido su innata curiosidad: evitaban las preguntas comprometedoras y actuaban como si fuera lo más natural del mundo que una joven soltera que declaraba "estar dedicada al estudio" viviera sola en un costoso y llamativo leonero. La decoración de su departamento habría sugerido turbiedades a quien deseara perjudicarla. La pequeña cantina en una esquina de la sala, las máscaras colgadas en el pasillo, el rosa mexicano de las paredes, la mesa de póker, el delator espejo de la recámara, las cortinas de terciopelo rojo y la piel de leopardo que reposaba sobre la cama —todo al gusto de Ultiminio— creaban una atmósfera poco estudiantil. Pero Selene jamás notó esa contradicción. Le gustaba vivir sola porque podía utilizar los muebles como le viniera en gana: descansar echada sobre la mesa, comer en el suelo, ver la televisión mientras se daba un prolongado baño de sales en la tina de mármol. A cambio de tantos lujos, Ultiminio sólo le pedía que fuera dócil en la intimidad y atenta con sus invitados. Para las fiestas contrataban a un mesero de uniforme. Selene no cocinaba ni servía copas; se limitaba a ofrecer bocadillos, a cambiar los discos (Herb Alpert para los gerentes de empresas, Celia Cruz para los del sindicato) y sobre todo, a estar pendiente de los caprichos de Santa Cruz. A la una de la mañana, Ultiminio se llevaba una mano a la sien, como si tuviera jaqueca: era la señal de que los hombres iban a discutir algo serio y por lo tanto Selene debía irse a dormir. La trataba como niña crecida, no le permitía desvelarse junto con las personas mayores. Incluso en la cama sus caricias eran más paternales que de amante: la despeinaba juguetonamente, le daba palmadas afectuosas en el trasero, le hacía cosquillas y rugía con la piel de leopardo sobre los hombros, jugando al ogro.

Una vez al mes iban a la casa de Acapulco, propiedad que Ultiminio había expropiado al sindicato. Selene se ponía lentes oscuros y se acostaba a la orilla de la alberca. No se levantaba de ahí hasta que el sol le carbonizaba la piel. A su lado, Ultiminio leía novelas policiacas con un jaibol en la mano. De vez en cuando ponía un hielo en la espalda de la muchachita.

—Estate quieto.

Y enseguida repetía la broma.

—Ya te dije que te estés quieto.

Pero el líder necesitaba entretenerse de algún modo,

porque lo aburrían el sol y la literatura, y al poco tiempo insistía con el hielo, provocando la furia de Selene.

Ultiminio sólo se divertía en compañía de los carcamanes del sindicato, pero le salía muy caro invitarlos a Acapulco. Había llegado a sentirse inválido sin la proximidad de Villanueva. Pensaba heredarle la dirección del comité cuando creyera oportuno retirarse (allá por el año 2018). Así recompensaría su acuciosidad en el manejo de los fondos de los transportistas y su discreción para mantener en la penumbra la otra cuenta, la personal, nutrida con las "cooperaciones voluntarias" que los patrones entregaban al comité para propiciar su actitud comprensiva y conciliadora en las revisiones de contratos. Además de ser un fiel guardián de sus intereses, Villanueva, como buen escudero, lo auxiliaba en lances de amor. Era el sabueso que siempre le traía carne fresca. Más que su olfato infalible, la virtud de Villanueva era que tenía la gallardía de ceder a sus presas. Gracias a él había conocido a Selene.

Para Ultiminio fue como una aparición. La descubrió en el momento de la borrachera en que ya no le importaba que sus frases tuvieran coherencia. La posada de los transportistas, como todos los años, había resultado un éxito. El local para las asambleas mostraba las huellas de la fiesta: platos de cartón abandonados sobre los asientos de aluminio, bolsas de papas fritas tiradas en el suelo, un muslo de pollo encima del archivero, un muslo de secretaria disputado por tres manos debajo de la mesa. Las infanterías habían barrido con el alcohol y la comida. Los choferes y mecánicos que todavía estaban de pie esperaban el momento de acercarse a Ultiminio para exponerle, con lágrimas en los ojos, su agradecimiento por el último aumento salarial, por el ajuste del tabulador, por el seguro de accidentes, y en suma, por ser a toda madre. Cuando su compadre se acercó a la mesa, uno de los mecánicos le susurraba al oído: "Me cae que usted sí es chingón". El besamanos terminó con la intempestiva llegada de Villanueva.

—¿Cómo andamos, Ultiminio? ¿En las últimas, verdad?
—¿Y adónde te habías metido tú?
—Confraternizando —respondió, torciendo pícaramente la ceja para indicarle que venía acompañado.
—Ay, cabrón, yo creí que de estas pulgas no brincaban en tu petate.

Y sentó en sus rodillas a la nueva reina del sindicato.

XII

Óigame, si se duerme ya no le cuento nada... ¿Cómo que no? Hace rato se le cerraron los párpados. A ver, ¿de qué estaba hablando?... Ya vio, ya vio cómo no me atiende, y eso le pasa porque no bebe con moderación. Si está muy cansado avíseme y le paramos, al fin que ya tiene material de sobra para la entrevista... Bueno, pero lo quiero bien despierto, acuérdese que camarón que se duerme... Le decía que al divorciarme de Rodolfo pensé que ya nadie se iba a acordar de mí, digo gente del ambiente artístico, pero qué va, mi reaparición tuvo una excelente acogida. En el cine mejor ni le busqué, porque francamente ahí la competencia está re dura, lindas chamacas y muy estudiosas todas ellas, cómo iba a llegar con mi carota de veterana a decirles órale, háganse a un lado niñas que ya regresé. Me han ofrecido papeles pero en películas de ficheras y otros churros que yo digo niguas, de encuerarme en la pista a encuerarme frente a las cámaras mejor en la pista que me ve menos gente. En una película con mensaje aceptaría salir desnuda incluso sin cobrar, pero ya ve que de ésas hacen muy pocas. Antes de volver a entrarle de lleno a la artisteada, trabajé de modelo como dos años. Salí retratada en la revista *Impacto* ¿no me vio?... Bueno, es que era un anuncio en páginas interiores. También hice fotonovelas. Era malbaratar un poco el nombre que tengo en el medio, pero no me podía poner exigente si de veras quería reconquistar a mi público. Siempre me ponían de la amante. Es bien fácil actuar en esas cochinadas, nomás me pedían haz una cara de perversa, ora de pensativa, ora le das un beso a Fulano, y luego las leía y me venía a enterar de que había organizado intrigas espantosas. Viera que da popularidad la fotonovela. Pero me salí, por consejo de unos amigos que me dijeron Selene, te estás desaprovechando, tú lo que tienes que explotar es tu ritmo, tu sensualidad, y así fue como entré de cabaretera. Una cosa sí le aclaro, yo no ficho ¿eh? No le voy a negar que en el Faraón hay chicas que de vez en cuando se toman una copa con los clientes, pero nosotras, bueno, yo sólo meto las manos al fuego por Iris y por mí, nosotras, le decía, damos nuestro show y punto. De un lado están las del oficio y del otro estamos las artistas, pertenecemos a distintos gremios, que no haya malentendidos. Yo no tengo necesidad de andar en el talón porque aparte de todo podría vivir sin hacer nada, tengo ahorrado mi dinerito y en el momento que quiera me retiro. Bailo por jobi, porque es algo que me nace del alma... No crea que acepté trabajar así como así. Antes de firmar el contrato, le exigí como condición al empresario que me formara un ballet con gente profesional, de preferencia egresados de Bellas Artes. Además le pedí un coreógrafo italiano y que me diseñara el vestuario la modista que le hace sus bikinis a Rafaella Carrá. Nada de improvisación, porque dije, de acuerdo, yo también le entro al destape pero con clase ¿no? Me puse tan exigente que yo creía que me iban a decir Selene, vete a volar, ni que esto fuera el Lido de París, pero me lo concedieron todo todo. La noche del debut me sudaban las manos de los puros nervios. Había periodistas, actores, bueno, gente del medio que no perdonan cuando una fracasa. Ni en la final del Miss Universo me sentí tan presionada. Pero apenas escuché la orquesta haga de cuenta que los pies solitos se me movían y ya no vi ni las caras del público porque estaba como en trance. Fue una experiencia padrísima, en serio, superincreíble. Antes de que mi número comenzara, el dueño del Faraón se tronaba los dedos detrás de la barra, pero cuando vio el éxito que tuve, de puro gusto se tomó una botella de coñac y no le cuento la borrachera que se puso... ¿En qué película dice? ¿De Juan Orol? ...No, no la he visto. Bueno, es de lo más normal que en la realidad nos pasen cosas de película ¿no? Pues el caso es que triunfé a lo grande, tanto que el empresario me hizo firmar esa noche una prórroga por dos años, porque dijo a ésta le van a llover proposiciones. Y no andaba nada errado, al día siguiente me llamaron del Marraquesh y del Patio para pedirme cita. Me entrevisté con ellos pero les tuve que decir que no, porque la verdad yo tenía el compromiso con la gente que creyó en mí. Si me largo en ese momento, hubiera sido una malagradecida y yo seré lo que usted quiera, berrinchuda, orgullosa, distraída, pero sé agradecer los favores. Mire, la mayoría de la gente lo dice nomás por decir, pero yo sí creo que en la vida hay cosas más importantes que el dinero, como la tranquilidad, la salud, el compañerismo. Bueno, ésa es mi opinión personal. Además, como le contaba hace rato, yo no trabajo por necesidad, trabajo por necedad, porque en serio me fascina el ambiente. El público de cabaret es muy especial, muy difícil. Cuando el show no gusta, nada más no se para nadie en ese lugar y lo hacen quebrar. Nosotros ya tenemos una clientela fija: profesionistas, intelectuales, gente de negocios. Vienen porque les presentamos un espectáculo fino, cómo le diré, más tirando a lo europeo que a lo naco. En poquísimos lugares del Defe se ve una variedad como la nuestra. Se los podría contar con los dedos de la mano… Sí, sí, vaya. Oiga, hay que apretar el foco para que prenda porque se nos descompuso el switch. ¿Quiere que siga hablando o me callo hasta que regrese?… No, está detrás de la canasta de ropa, junto al toallero. A ver, espéreme, le voy a ayudar porque como está tan oscuro no creo que lo encuentre… De acuerdo, pero salga pronto porque si la vecina se asoma por la ventana y me ve hablando sola va a pensar que estoy loca… Pues sí, le comentaba que nuestro show es bastante raro aquí en México. Va usted al lugar que me diga y qué se encuentra, un cómico alburero, una vedet de tercera, unas cantantes chafas, en cambio en el Faraón hay originalidad, gusto por lo que estamos haciendo... Oiga, ya salga por favor porque así no puedo... Perdóneme, pero es que no nací para la era electrónica, me chocan las maquinitas. El otro día leí que para el siglo veintiuno las máquinas van a hacer todos los trabajos del hombre, suerte que no voy a vivir para verlo. ¿Se imagina a una robot haciendo estrip tis como yo y a puros robots aplaudiéndole y gritándole mucha ropa? Lo que yo siempre he pensado es que las máquinas por perfectas que sean nunca podrán hacer ciertas cosas como por ejemplo escribir un poema o sentir amor ¿no? bueno, ésa es la opinión muy particular de una servidora. Una de las mayores satisfacciones que tengo en la vida es haber aprendido a valerme por mí misma después de estar sujeta a un marido durante tantos años. Y digo sujeta en serio, bien atenazada, sin la más mínima libertad. Es feo ponerme yo misma de ejemplo porque parece que lo hago por presumida, pero creo que mi caso puede servirle a muchas mujeres divorciadas o abandonadas para esforzarse y aprender a vivir sin necesidad de un hombre. En esta vida todo es cuestión de trazarse una meta y no flaquear hasta haberla alcanzado. Cuando yo me separé, lo que me propuse fue volver a ser lo que era antes de casarme, y aquí me tiene. Amigas, trácense ustedes metas y lograrán lo que anhelan. Si les cuesta trabajo porque no tienen fuerza de voluntad, no se pongan una meta difícil. Vayan de metita en metita y ya verán que en el momento menos pensado abren los ojos y descubren que ya cruzaron la metotota... Volviendo a lo de mi show, hace poco los organizadores del Señorita México se quejaron de que yo me burlaba del concurso en mi número. Es más, amenazaron con meterme una demanda si no lo cambiaba, pero ¿sabe qué hicimos? En lugar de ponerme la banda de Señorita México ahora traigo una que dice México a secas, y a ver, estoy esperando que me reclamen, porque ni modo que tengan registrado el nombre del país ¿verdad?... No, Marilú Dorantes ya no es la dueña del circo, ella puso una agencia de modelos, quién sabe quién esté al frente pero ojalá y se haya enfermado del coraje. Se pasan de mojigatos, no entienden que ahora mostrar el busto es la cosa más natural del mundo. Y aparte, ¿qué no tienen sentido del humor, caray? Mire, hace poco fui jurado de un concurso de travestistas que hubo aquí en México. Acepté porque yo creo que no tiene nada de malo que los muchachos se diviertan imitándonos. Fui con Iris, mi compañera, y me acuerdo que le decía ésa tiene que ser mujer, mira qué bonitas piernas tiene, pero ella me señalaba la manzanota de Adán que es lo único que los delata, porque no se crea que el bulto ¿eh? se lo han de planchar o sabe Dios qué harán, pero de ahí se ven planitas planitas. Ganó Jalisco, un muchacho trigueño que luego vino a nuestra mesa disfrazado de hombre y estaba guapísimo también así, ya ve que los machos de Jalisco afamados por entrones... Me acuerdo que yo le dije no sé por qué andas metido en esto, si mil chavas han de estar tras de tus huesos, y él me contestó pues por eso mismo, qué simpático ¿no? Le digo que la gente guey es divertidísima... Actualmente sólo tengo un amor: mi profesión. Soy mujer y me gustan los hombres, por supuesto, pero de momento quiero seguir así, libre para decidir mi destino. De vez en cuando me llevan a cenar, que a un buen concierto, pero hasta allí, no vuelvo a cometer el error de casarme sin antes haberlo meditado detenidamente... Sí, sí, desde luego que me lo han propuesto, no una sino muchas veces, el último fue un tipo de la Comisión de Box que me ofrecía todo el oro del mundo, pero por fortuna ya he madurado, no es fácil que me convenzan de dar un paso tan importante. Una cosa le puedo asegurar, si lo doy será para siempre, no voy a pasarme la vida de juzgado en juzgado... Pues le decía, la gente se cree que poner un show es cosa de ensayar tantito y luego repetir la misma rutina cada noche. No saben que es necesario revisar día con día los detalles del espectáculo. Ser vedet exige demasiados sacrificios, no desvelarse, no fumar, nunca beber más de la cuenta. Con decirle que ya no puedo hacer vida social, y no porque no me guste, lo que pasa es que no me queda tiempo. Mis ratos libres los dedico al descanso o a dar entrevistas como ésta porque los artistas no podemos descuidar nuestra promoción. Hace días hubo un incidente, no sé cómo llamarlo, desagradable tal vez. No es por presumir pero desde que actúo en el Faraón tenemos lleno diario gracias a Dios. Pues fíjese que un sábado nos faltaron mesas para meter a tanta gente, y entonces al empresario, que es una bellísima persona y un excelente amigo pero un demonio para el dinero, se le ocurrió poner una hilera de mesas en el espacio de la pista para cobrarlas a precio de oro. Yo no me di cuenta hasta que me tocó actuar y cuando vi tan chiquita la pista me dio tanto coraje que regresé a mi camerino y el animador tras de mí ¿qué te pasa, Selene? ¿por qué te pones así? y yo furiosa porque les importaba más el billete que mi seguridad. ¿Qué tal si me estrellaba contra una mesa cuando los muchachos me ponían bocabajo? Porque bueno, usted no ha visto el show pero yo hago pasos que tienen un grado de dificultad considerable y necesito mucho espacio para que salgan bien. Al dueño no le quedó de otra que quitar las mesas y devolver el dinero porque yo no di mi brazo a torcer... Pero fuera de problemitas como éstos, que la verdad cualquiera los tiene en su trabajo, me siento muy a gusto porque no hay como dedicarse a lo que a uno le gusta hacer. Las personas que trabajan en cosas que no les llenan, aunque ganen mucho dinero a la larga van a ser unos frustrados, nunca podrán realizarse plenamente. Por ejemplo, a usted que le gusta la cosa del periodismo, no se iba a sentir bien serruchando madera en una carpintería ¿verdad? Cada quien tiene su vocación, lo importante es descubrirla, por ejemplo yo, que de niña era tan penosa ¿quién hubiera dicho que acabaría desnudándome en público feliz de la vida?... No, desnudos integrales nunca he querido hacer porque siento que mi número se volvería pornográfico y dejaría de ser artístico. A mí no me gusta el morbo por el morbo, es más, quisiera que los señores fueran a verme con sus esposas, le aseguro que ni ellos ni ellas se sentirían incómodos, porque la gente con amplio criterio aguanta las cosas audaces siempre y cuando estén realizadas con finura. Lo que ofende a las personas educadas es la vulgaridad, por eso yo, como la Venus del Nilo, nada más les muestro el busto y que se imaginen el resto... He visto algunas revistas gringas que de plano ya son ginecológicas. ¿Adónde se quedó el erotismo, la gracia para darse a desear? Me habría gustado vivir en la época de mi abuela, cuando los hombres se excitaban por ver un tobillo de mujer. Ahora paso por los puestos de periódicos y veo pósters gigantes de viejas en pelotas. ¿Cómo quieren que se desarrolle en los niños una mentalidad sana, si les ponen la depravación enfrente de las narices? Por eso hay pandillas cómo los Sex Panchitos, porque les hacen brotar los malos instintos desde muy chamacos. Los padres de familia deberían movilizarse para que prohíban esas revistas, que son la peor droga para la niñez y la juventud. El sexo debe llegar como algo natural, nunca debe de ser inducido como una cuestión perversa porque entonces surgen las bajas pasiones, los adulterios, los maricones que ya ve que yo los respeto mucho pero eso no les quita que sean anormales... Pero ¿por qué llegué aquí?... Ah, sí, de mis desnudos, pus le repito que soy una mujer enamorada de su trabajo, es más, creo que si no fuera por los embotellamientos de tránsito sería la más feliz de las mujeres... ¿Usted se siente feliz?... No digo en este momento sino en la vida... Pues entonces lo que le aconsejo es que se compare con gente triste, amargada, ya verá cómo se siente mucho mejor. Mire, ¿por qué no desconecta la grabadora un rato y platicamos como seres humanos? Muy bien, ahora vamos a olvidarnos de que usted es reportero y yo soy artista. Por lo que le he contado ha de pensar que soy muy frívola, muy superficial ¿no?... ¿Seguro?...

No, no es por nada pero le sentía la mirada un poco rara, como que ya lo tenía fastidiado. Tómese otro whisky a ver si se anima. ¿Sabe? Yo soy más profunda de lo que la gente cree. Para conocerme hay que llevar tanques de oxígeno, no se crea, no se crea, es broma, es que si no le hago chistes se me duerme... Lo que pasa es que les parezco infantil porque veo la vida con optimismo. Siento que las adversidades deben enfrentarse con una sonrisa ¿no? Que perdí el trabajo, sonrío, que me robaron el carro, también sonrío, porque a ver, dígame, ¿de qué nos sirve jalarnos de los pelos y morirnos de la rabia si nada vamos a remediar? Hay un sistema para olvidarse de los problemas y vivir tranquilo que ahorita le voy a explicar en qué consiste. No se crea que es un comercial, se lo digo porque de veras me parece muy interesante ¿no? Muy positivo. Supongamos que a usted lo van a correr de su revista porque se emborracha en horas de trabajo. No es indirecta, por favor no me mire así, es una suposición. Quiere dejar de beber pero no puede, el trago es más fuerte que usted. Lo que le sucede, según esta teoría, no es que el alcohol lo tenga encadenado. Lo que tiene en realidad es una descompensación de la energía mental que lo impulsa a tomar. Si usted logra desviar esa energía negativa a base de concentración y relajamiento, muy pronto quedará curado. No es tan fácil como suena, porque cuesta mucho trabajo llegar a controlar la propia energía. Lo más recomendable es relajarse, tomar aire fresco, nadar mucho, ir de picnic, en fin, cuando uno ya se siente en buenas condiciones, entonces se encierra en su recámara, se pone bocabajo, cierra los ojos y se concentra para lograr la desviación energética... No se ría, esto va en serio, hay personas que se han curado hasta la gangrena con sólo proponérselo. Este método lo inventó una psicóloga mexicana, la doctora Bambi Rivera, ¿usted no la conoce? Yo le quisiera hacer un monumento de tanto que me ha ayudado. Bueno, pues ella sostiene que todos nuestros problemas y conflictos vienen de nosotros mismos, o sea que como uno los ha creado es uno el que debe combatirlos ¿me explico?... No sabe cuánto me apasionan estas cosas de la mente, es más, yo no sé qué hago en el show, debería meterme a estudiar Psicología...

XIII

En el pasillo del cine Carrusel, dos niños habían improvisado un ring de lucha libre. Selene y Baltasar esquivaron al más temible, que venía rodando escaleras abajo, pero su rival también se hizo a un lado, empujó a Selene y la bañó de cocacola.

—¡Pinche mocoso, mira nada más cómo quedé!

Baltasar le ofreció su pañuelo y regañó a los dos luchadores con menos coraje del que Selene hubiera deseado.

—¿Quieres que vaya por otro refresco?

—No. Quiero que le des un coscorrón a ese idiota.

Baltasar le pidió calma con una sonrisa resignada y triste: los arrebatos de cólera no iban con su carácter blandengue. Selene hizo una comparación mental entre la pegajosa dulzura de la cocacola y la no menos azucarada cobardía de su marido: "Le da miedo fajarse los pantalones con el papá del niño. ¿Quién te mandó casarte con un collón?" El Carrusel estaba lleno y sólo había lugares en la primera fila, ocupada por una familia que había llevado la merienda al cine. La madre untaba pasta de frijol en mitades de bolillo que iban pasando de mano en mano.

—Pásame los chiles que ya mero empieza.

Con la cocacola escurriéndole dentro del brasier, Selene intentó desconectarse para no ver ni oír nada que no viniera de la pantalla. Se apagó la luz y empezaron los cortos. A Baltasar le fascinaban los chistes de Pumponio y Kíkaro y Selene se divertía con las caricaturas de Tom y Jerry más que con las películas. A los 18 años, a pesar del tedio conyugal, conservaba el humor y la frescura de su niñez. Había tres cines en Tacubaya: el Ermita, el Hipódromo y el Carrusel. Iban al último porque les quedaba más cerca y sólo pasaban películas en español. Baltasar detestaba el cine de Hollywood porque leía despacio y no alcanzaba a descifrar los subtítulos. Tampoco el cine mexicano lo entusiasmaba mucho: por lo general, prefería pasarse los domingos en casa, dormitando frente al televisor. Selene había tenido que amenazarlo con una huelga de piernas cruzadas para que se animara a ver la película de esa tarde: *Perdóname mi vida* con Angélica María y Alberto Vázquez.

La historia ocurría en Acapulco. Una pareja de recién casados pasaba su luna de miel en un fastuoso hotel de cinco estrellas. Era comedia, porque las escenas terminaban con acordes de trombón. Los actores caían a la alberca vestidos y el público festejaba sus chapuzones a carcajadas. Pero no todo era risas, también había historia de amor. Los novios hacían como que se odiaban, pero en el fondo se querían (eso lo sabía todo el público porque Angélica, después de lanzarle platos a su galán, cantaba una canción triste, y Alberto la oía muy compungido desde su ventana). Por más que trataba de meterse a la película, Selene pensaba en sí misma. Recordó el hotelucho de Caleta donde había pasado la luna de miel en compañía de su Alberto Vázquez, que para variar ya estaba roncando. ¿A eso iba al cine? ¿A dormir la siesta? Seguía llegando gente que se apelotonaba en los pasillos y el llanto de los niños (cómo los dejaban entrar, carajo) le impedía escapar de la realidad. Hacía calor. Baltasar sudaba en sueños. Para no sentirlo tan cerca debía fijarse más en los detalles del vestuario y la decoración. La gente rica se cambiaba de ropa cuatro veces al día. En la playa, Angélica llevaba una bata encima del traje de baño y se protegía del sol con una pamela. De noche sacaba un vestido azul claro lindísimo y para dormir un negligé translúcido (su marido la espiaba por el ojo de la cerradura, pero ella, como estaban peleados, le picaba el ojo con un pasador y al día siguiente Alberto desayunaba con un parche). Su atenta observación de las locaciones le deparó una sorpresa extraordinaria: en los hoteles de lujo había bares en medio de las albercas. Después de nadar con mucho cuidado para no mojarse el pelo, Angélica se encaramaba en la barra chorreando juventud.

—Quiero un vermut en las rocas.

Más fascinante aún que el bar acuático era la forma como Angélica *ordenaba* su trago. Baltasar se ponía nervioso cuando pedía de beber en un restorán y terminaba solicitando la copa lastimosamente, como si el mesero le hiciera una caridad:

—Oiga joven, ¿sería tan amable de traerme una Superior si no es mucha molestia?

Pero Baltasar y su timidez crónica estaban muy lejos. Había llegado el momento de oír la conmovedora canción de Alberto Vázquez que daba título a la película: *Si acaso te ofendí, perdón, si en algo te engañé, perdón, si no te comprendí, perdón, perdóname mi viiida...* Con el orgullo a punto de flaquear, Angélica oía la serenata desde la terraza de la recámara. Su enfermiza dignidad le impedía correr a los brazos de Alberto.

—¿Qué ha pasado, eh?

Inmersa en la batalla interior de Angélica, no se dio cuenta de que su marido había despertado y quería saber cómo iba la película.

—¿Qué ha pasado? —insistió Baltasar.

Su pregunta le sonó a corcholata rayando una banqueta. Expulsada de Acapulco, estaba de vuelta en el cine Carrusel y la voz de Alberto Vázquez era el berrido de un niño llorón. Se había roto el hechizo y en vez de compartir el amor de Angélica odió al zángano que se limpiaba las lagañas.

—Ya mero se contentan. ¿Para qué preguntas si te vas a volver a dormir?

Con Baltasar despierto se dificultaba su regreso a la pantalla. Era como entrar en un palacio acompañada de un pordiosero. Algo que Selene se preguntaba con frecuencia era dónde podía encontrar un ambiente como el de las películas: en qué planeta vivía tanta gente graciosa y bonita. Si alguna vez, disfrazada y con pasaporte falso, lograba entrar a ese paraíso (no pedía mucho: sólo conocer un *pent house* como los de Mauricio Garcés) la sacarían por la puerta de servicio al descubrir con quién estaba casada. Una cena con velas en el restaurant del hotel. Langostas en los platos. Turistas de piel bronceada que destapan botellas de champaña. La bahía de Acapulco al fondo, resplandeciente. En una mesa apartada, Angélica y Alberto reconciliándose. Tomados de la mano se miran a los ojos: reconocen que se peleaban por inmadurez. Han sido un par de tontos jugando al amor, pero de ahora en adelante nada podrá separarlos. Alberto besa la mano de Angélica. Es el momento propicio para cantar a dúo.

—Ahorita vengo, voy al baño.

Baltasar se levantó de su butaca y Selene volvió a salir de trance. ¡Maldita costumbre la suya de orinar en los momentos cumbre de las películas! Deseó que se lo tragara el excusado y no volviera jamás. Pero ella tenía la obligación de acompañarlo, incluso en el canal del desagüe: era su media naranja, una media naranja de puesto callejero, cubierta de moscas y chile piquín. Se aproximaba el final de la película y pronto regresarían a casa de los padres de Baltasar, donde ocupaban un mísero cuartucho en calidad de "arrimados" (a un año de la boda, el intrépido meón no había cumplido la promesa de alquilar un departamento para ellos solos). Después de saludar a sus suegros —encandilados con la tele, no le responderían el saludo— tendría que fregar los trastes y recordarle a la abuela que se tomara la pastilla contra la reuma. Luego a tallar su vestido con Jabón Zote, a ver si salía la mancha de cocacola. Era el de los domingos, no tenía otro mejor y difícilmente Baltasar le compraría uno nuevo. Pinches niños y pinche vida. El número a dúo continuaba, pero Selene se había quedado varada en la infelicidad. Esa noche le deparaba grandes alegrías: una cópula rápida, casi de trámite, arrullarse con la respiración asmática de su suegro, un breve lapso de aturdimiento —nunca de sueño reconfortante— y despertar a las cinco de la mañana para calentar el café, formarse en la cola de la leche, barrer el patio. En cierta forma era sirvienta de su familia política; por algo la querían tanto. Y quizá lo fuera durante mucho tiempo. Baltasar nunca progresaría. Su máximo logro, tras diez años de esclavitud en una compañía refresquera, había sido ascender de garrotero a chofer de camión repartidor. Se comportaba como un viejo prematuro, resignado ya a la inmovilidad social. Y ella, contagiada de su pobrediablismo, se descuidaría como todas las mujeres de Tacubaya, gordas y varicosas a los 27 años. Ya se había olvidado de sonreír, y andando el tiempo su piel despediría un irrespirable olor a cocina. Era bonita, quizá más que Angélica María. En la calle los hombres la miraban como embrujados, como si los hubiera mordido una víbora. Pertenecía por derecho propio al ambiente de las piscinas con bar, pero nunca las conocería si se quedaba cruzada de brazos. Necesitaba un golpe de audacia, un salto mortal que la llevara, por lo menos, a la puerta dorada y luciente del otro país que había dentro de su país.

Como quien abandona la silla eléctrica en el instante de su ejecución, se levantó de la butaca y caminó rumbo a la salida, sorteando a los glotones de la primera fila, que no cesaban de comer bolillos con frijol. No había tomado ninguna decisión: se iba porque no podía soportar el regreso de su marido. Al llegar a la dulcería echó un vistazo al vestíbulo del cine. Creyó verlo fumando en un sillón, junto a la puerta de los baños. Apretó las mandíbulas y siguió adelante. Afuera, como premio a su valentía, recibió una ráfaga de viento fresco. Huir de Baltasar significaba también huir de una cárcel moral, tirar los galones de buena conducta, emputecerse a los ojos de los demás. Antes de que oscureciera tenía que llegar a un punto de la ciudad en donde no se le ocurriera buscarla. En cualquier hotel, en otros brazos, dormiría más a gusto que en su lecho matrimonial. Cruzó la avenida Parque Lira y se echó a correr. En cada bocacalle se detenía para cerciorarse de que Baltasar no la venía siguiendo. Al cruzar Avenida Jalisco oyó que le gritaban "mamacita, dónde vas tan aprisa". El piropo la envalentonó, y aunque no traía dinero detuvo un taxi.

—Al Monumento de la Revolución, por favor.

Viéndola tan agitada, el chofer le preguntó si la habían asaltado. Selene asintió.

—Eran cuatro, me quitaron doscientos pesos que traía en la bolsa.

—Dele gracias a Dios que nomás fue robo. Cuando ven mujeres bonitas como usted, no se conforman con el dinero.

Estaba salvada: le había tocado un taxista querendón. El

resto del viaje, la charla giró en torno al tema de la delincuencia: no había seguridad en las calles, los policías eran peores que los rateros, todas las mordidas iban a parar a las arcas del regente Uruchurtu.

—¿Y usted vive sola?

—Vivo en Guaymas con mi familia, pero acabo de llegar a la capital. Mi hotel está por San Cosme.

A dos kilómetros de conocerse entraron en confianza. El taxista contó su vida: su mujer lo había abandonado para largarse con un bolero que se sacó la lotería. Selene inventó la suya: venía a estudiar idiomas, y como no tenía familia en la capital estaba buscando una casa de huéspedes para señoritas.

—¿Usted no sabrá de una?

Había subido al asiento delantero deliberadamente y cruzaba la pierna sin recato porque necesitaba facilidades de pago.

El taxista le rozaba la rodilla con los dedos cuando metía las velocidades.

—¿No quiere que le invite un cafecito? —propuso, en las inmediaciones de Santa María la Ribera.

El cafecito fue cerveza. La tomaron en una marisquería iluminada con luces de neón, oyendo una rocola que tocaba discos de Piporro y la Santanera. Cuando se hizo un silencio entre canción y canción se tomaron de las manos. De ahí, a pie, fueron a un hotel. Esa noche comprendió a la esposa del ruletero. Nada más agobiante que tenerlo encima, resoplando como un dragón. Pero no se sacrificó en balde. Al despertar encontró sobre la mesita de noche los doscientos pesos que nadie le había robado y supo que ninguna dicha podía compararse a la de recibir dinero malhabido.

Con esa cantidad pagó el cuarto y se alimentó durante cinco días de tedio y zozobra. O temblaba de remordimiento al pensar en su madre, que debía estar buscándola en hospitales y delegaciones, junto con Agueda y Baltasar, o caía en letargos de aburrimiento, echada sobre la cama que hacía y deshacía cada media hora, para tener algo en qué entretenerse. La libertad era dar vueltas en círculo, mirarse al espejo y sentirse débil, cobarde, pequeña. Necesitaba otro vestido. El que traía puesto era su marca de casada y algo peor: su marca de pobre. Como la ventana del cuarto daba a la terminal de autobuses A.D.O., se distraía viendo las entradas y salidas de los camiones. En cuanto consiguiera dinero —no sabía dónde, pero ya sabía cómo— compraría un boleto para Veracruz. ¿Y si en la terminal hubiera un pizarrón con fotos de personas extraviadas y alguien la reconocía? No, mejor se quedaba en México hasta que Baltasar la diera por muerta. Por las noches pensaba en el escándalo que su fuga desataría. Tarde o temprano iban a descubrir que andaba puteando feliz de la vida. Su madre, campeona de la decencia, renegaría de haberla parido: ojalá que algún día le perdonara el disgusto.

Inmovilizada por una mezcla de indolencia y pánico, únicamente salía del hotel para comprar tortas en el estanquillo de la terminal camionera. El viernes amaneció con diez pesos en la bolsa y tuvo que privarse del desayuno y la comida. Envalentonada por el hambre se aventuró a ir más lejos: dio vuelta a la manzana, pasó delante del Frontón México y entró a un bar que le pareció lujoso porque la alfombra roja llegaba hasta la banqueta y la iluminación era tenue, casi de velorio (una lamparita de luz mortecina en cada mesa), de modo que los clientes y sus movidas tuvieran sensación de privacidad. En la única mesa ocupada de la planta baja se emborrachaba un grupo de choferes del A.D.O. Algunos dormían con la cabeza hundida entre los brazos. Sentado en la cabecera presidía el convivio un hombre que llamó la atención de Selene porque iba de traje, llevaba una leontina de oro y sacaba el humo del cigarro por la nariz. Acodada en la barra pensó en su porvenir inmediato: el hotel costaba quince pesos la noche; o los conseguía o regresaba con Baltasar doblando las manos. Lo peor era que no sabía cómo coquetear para que los choferes la invitaran a su mesa. Ni siquiera se habían fijado en ella cuando entró.

—¿Qué desea? —el cantinero la examinó con una mirada hostil.

—Quiero un vermú en las rocas —ordenó Selene, sorprendida de su propia audacia.

Ignoraba cómo lo pagaría, pero se felicitó por haber aprendido la lección de Angélica. Eso era lo que necesitaba: lanzarse al abismo sin red protectora. Saboreó el dulzor amargo del vermut como si lo conociera de toda la vida. Le faltaba un sorbo para terminar cuando el cantinero, sorpresivamente, le sirvió el segundo vaso.

—Se lo manda el señor —y señaló al que parecía el patrón de los choferes—. Dice que si gusta acompañarlo.

Claro que gustaba. Con el vermut de regalo en la mano caminó lentamente, contoneándose más de lo debido, hacia la mesa donde su galán la esperaba de pie. Debía tener cincuenta o cincuenta y cinco años. Usaba lentes de fondo de botella, tenía los hombros nevados de caspa y bolsas oculares que le daban aspecto de batracio.

—Siéntate, chula.

—Gracias, muy amable.

Enfrascados en una discusión futbolera, los choferes del A.D.O. no le prestaron atención, pero su ligue le lanzó un cumplido a boca de jarro:

—Eres la muchacha más linda que se ha parado en este lugar... y tengo quince años de venir aquí.

Fichera intuitiva, Selene le obsequió una cautivadora sonrisa de muñeca tímida. Estaba cohibida de verdad, pero no ignoraba que su candor tenía un alto valor comercial. Apenas iniciada la conversación se dio cuenta de que hablaba con un hombre culto. Desde niño se había aficionado a la música clásica. Frecuentaba La Clave de Sol (así se llamaba el bar) porque ahí se reunían, en otra época, los mejores músicos de México.

—¿Y usted qué instrumento toca?

—Ninguno. Soy un melómano, un enamorado de la buena música.

El melómano fumaba como si necesitara la nicotina más que el oxígeno. Prendía un cigarro con la colilla del anterior y hablaba sin quitárselo de los labios, pronunciando señales de humo. Selene le hizo notar la montaña de colillas del cenicero.

—Mira, preciosa, de algo se tiene que morir uno —y sacó a relucir una dentadura verde cadáver.

Siguió el inevitable intercambio de referencias. Ella repitió la historia de la estudiante de idiomas recién llegada a la capital. Su acompañante, para evitarse complicaciones y al mismo tiempo causar impacto, le mostró una credencial del PRI: *Adalberto Villanueva, Tesorero del Sindicato Único de Transportistas de la República Mexicana,* leyó Selene.

—Tengo otra del ejército, pero no te la enseño para que no te asustes.

—¿Y adónde tienes guardado el tesoro?

La carcajada de Villanueva despertó a los choferes dormidos: sus dientes eran ampolletas de clorofila; más que boca parecía tener un invernadero.

—Tráete otra de Presidente y un vermut para la señorita.

La noche era joven, pero Villanueva no. Una hora más tarde caía sobre la mesa, fulminado por el doceavo Presidente. El mesero tuvo que hurgar en su saco para cobrarse la cuenta. Selene también hizo una inspección y tomó quinientos pesos en calidad de préstamo. En una servilleta apuntó el nombre y el número telefónico de su benefactor.

Tres días después —ya con vestido nuevo— lo llamó al sindicato. Villanueva pasó a recogerla en un Ford Mustang al que Selene subió como a una carroza de cuento. En el tablero del coche había un altarcito de la Virgen del Tepeyac, profanado por una sacrílega odalisca de hule que colgaba del espejo retrovisor. Selene temió que Villanueva la llevaría a un concierto, porque en el radio sonaba la suite número uno de *Peer Gynt*. Se equivocaba: fueron a ver el show de Pérez Prado a La Fuente. A partir de entonces se vieron dos veces por semana. Las noches en que Villanueva podía burlar la vigilancia de su esposa dormían juntos en el hotel de San Cosme.

A mediados de diciembre, cuando había empezado a cansarse del tesorero —tenía una querencia natural por La Clave de Sol y rara vez la llevaba a lugares de categoría— oyó el inconfundible claxon del Mustang, que repetía en estribillo ensordecedor las primeras notas de *La cucaracha*.

—¿Adónde vamos?

El tesorero no respondió: las despedidas lo entristecían. Dieron vuelta en Vallarta y pararon en plena Plaza de la Revolución, frente al edificio del Sindicato de Transportistas.

—¿Adónde vamos? —insistió Selene, intrigada por el silencio de Villanueva.

—Hoy es el último día que salimos, chula —el tesorero la tomó de la barbilla, paternal y enternecido—. Te voy a presentar a un señor muy generoso que quiere ser tu padrino.

* * *

DÉJAME PENSARLO, déjame pensarlo, déjame pensarlo. Siempre le había dado la misma respuesta y por vez primera lo pensaba de verdad. Estaban recostados a la sombra de un ahuehuete en el Bosque de Chapultepec. Las hordas de paseantes domingueros habían alfombrado el bosque de basura. Cerca del ahuehuete, una paloma gris devoraba los restos de una tostada. Esperando respuesta, Baltasar buscaba catarinas entre la yerba. Era una tarea escénica para disimular su nerviosismo. "Es la última vez que te lo propongo", acababa de advertir, y ahora Selene, con el ultimátum encima, se debatía en el tremedal de la indecisión. Baltasar no le gustaba, de eso estaba segura. Por algo lo tenía a régimen de manita sudada. Rara vez le concedía besos en la boca, y no demasiado largos. Era feo, empezaba a jorobarse de tanto cargar cajas de refresco y pronto cumpliría treinta años. Por ese lado no había mucho que pensar. Andaba con él porque se aburría los domingos en casa y era el único muchacho con el que su madre la dejaba salir. Para colmo, se había empeñado en ser su novio oficial, con ramos de flores, cartitas, bendiciones de la familia y toda la cosa. Tal esmero en formalizar el noviazgo le había valido el desprecio de Selene. Sabía por experiencia que los amores de verdad, las pasiones arrebatadoras, tomaban un cauce muy distinto al de la melcocha legalizada. Cuando ella se enamoraba no daba un sí verbal: daba el sí de su voluptuosidad. Novia de baquetones que nunca le importaron y amante secreta del único muchacho que había querido, castigaba a Baltasar dándole largas mientras encontraba algo mejor. Sus proposiciones de matrimonio le entraban por un oído y le salían por el otro. Ahora, sin embargo, titubeaba en responderle porque todo había cambiado: el inocente que buscaba la catarina entre la yerba podía ser su tabla de salvación.

Semanas atrás, el padre de Selene había sido internado en un hospital del ISSSTE, víctima de cirrosis hepática. Murió al tercer día de ingresar al sanatorio. Los encargados de amortajar el cadáver encontraron bajo las sábanas una botella de tequila. Don Sebastián había sido un bebedor sistemático y responsable. Por crudo que estuviera, nunca dejó de asistir a su empleo de elevadorista en la Lotería Nacional. Escudado tras el *Esto* que le servía de pantalla, dormía la mona entre subidas y bajadas, aguantándose la náusea y la sed, sin equivocarse jamás al apretar los botones del tablero, que ya eran casi una prolongación de su cuerpo. A las tres de la tarde checaba tarjeta, recibía una mortífera puñalada solar, atravesaba la Alameda de prisa y encallaba en La Casquivana, una cantina donde se reunía con sus compañeros de bohemia. No salía de ahí hasta que los meseros empezaban a encaramar sillas sobre las mesas. Transpirando tequila tomaba el último camión a Tacubaya. Selene olía su perfume desde que venía subiendo las escaleras de la vecindad, y se tapaba el rostro con la almohada para evitar el beso de las buenas noches. Al día siguiente, café negro y duchazo de por medio, retomaba su puesto en el ataúd semoviente de la Lotería. Veinticinco años de esa rutina le reventaron el hígado.

En el velorio y en el entierro, Baltasar se portó a la altura de las circunstancias. Doña Catalina, poco verosímil en su papel de viuda inconsolable, estuvo encantada con ese candidato a yerno que además de arreglar los trámites del panteón, recibía pésames y se mostraba compungido, como si la pena también lo tocara de cerca. La responsabilidad de la familia recayó en Agueda, cuyo sueldo de secretaria no bastaba para compensar el del difunto. De Manuel y Efraín, los tíos de Selene por el lado materno, no se podía esperar gran ayuda. Casados y con hijos, trabajaban de albañiles en Houston. Por sus cartas, que sólo en Navidad venían acompañadas de un giro, doña Catalina sabía que ganaban bien y estaban olvidando el español.

Ocupada en coleccionar fotos de sus galanes favoritos y en pedir a las estaciones de radio los números musicales que la ponían sentimental (en sus ratos libres estudiaba el primer año de Preparatoria), Selene ignoró las angustias económicas de la familia mientras no afectaron su guardarropa. Un día quiso comprarse unas tobilleras como las que sacaba en la tele Angélica María, pidió dinero a su madre y obtuvo una bofetada con hemorragia nasal.

—¡No tenemos para la renta y la niña sólo piensa en sus caprichitos! ¿Por qué no trabajas de cajera en un banco, a ver si ayudas a la pobre de tu hermana?

Desde entonces tenía miedo y vergüenza. Miedo a pudrirse tras la ventanilla de un banco y a que la encarcelaran por equivocarse con las cuentas. Vergüenza de ser una sanguijuela en los lomos de Agueda. En cada crisis de presupuesto, su madre proponía que se mudaran a casa de unos compadres, en Peralvillo, mientras la situación mejoraba. Selene se veía arrinconada en medio de una familia hostil, haciendo cola para bañarse, reprendida por tener el radio a todo volumen. Comprendió que la miseria significaba no tener juventud. Adiós a las tobilleras y a los bailes del Politécnico: la realidad le exigía envejecer antes de tiempo, aseñorarse, renunciar a cualquier amor que no estuviera cubierto por una pátina gris. Primero que nada necesitaba seguridad. Baltasar había demostrado quererla en las buenas y en las malas. El pobre se desvivía por hacer méritos. No podía darse el lujo de cortarlo así como así. Casándose con él aligeraría la carga que Agueda se había echado a cuestas. Era trabajador y ahorrativo, no tardaría en juntar para un departamento. Además le tenía cariño, un cariño dulzón, como el de las baladas cursis de Queta Garay.

—¿Hasta cuándo lo vas a pensar?

Selene contestó arrojándose a sus brazos. La paloma gris emprendió el vuelo con un trozo de tostada en el pico. Pasaban a lo lejos los vagones del trenecito, arrastrando familias que aullaban de alegría. Baltasar cerró los ojos y le dio un beso inocuo, espiritual, que Selene trató de hacer más ardiente con lúbricos movimientos de lengua. Tenía motivo para sentirse un poco excitada: estaba pensando en su primo Arturo.

XIV

Nunca pienso en el mañana porque sólo me interesa vivir el presente. Pero ya que usted me pregunta cuáles son mis planes para el futuro, le voy a contar cómo quisiera pasar la vejez. Me gustaría vivir cerca del mar, en una casa muy grande para vivir cada noche en un cuarto distinto. Tendría una biblioteca enorme y me pasaría las tardes leyendo buenas novelas, libros de cultura, biografías de gente famosa. Para estar en forma, en las mañanas saldría a correr a la playa y luego me encerraría en el estudio a pintar, porque también me gusta el dibujo, creo que tengo facilidad. A lo mejor escribo mis memorias. ¿Usted cree que mi vida se vendería? Bueno, lo haría por gusto, no para ganar dinero. Si Dios me da salud voy a viajar. Tengo ganas de conocer Sudamérica, Japón. A lo mejor voy en barco para ir más despacito, pero no, mejor no, porque no aguanto el mareo. Si llego a tener mucho dinero donaré una parte de mi fortuna a la Cruz Roja y otra a los Alcohólicos Anónimos. Ahora que si quiere conocer mis proyectos a corto plazo, pues simplemente seguir entregándome para merecer el cariño del público. En el Faraón sólo quiero seguir un año más porque llega a ser cansado para cualquier artista permanecer en el mismo lugar tanto tiempo. Quisiera probar suerte en el extranjero. Tengo ofertas para Las Vegas y Miami, sólo es cuestión de que mi representante se ponga de acuerdo con los empresarios de allá. Creo que los artistas mexicanos debemos salir de nuestras fronteras para darnos a conocer en otras latitudes. Año con año nos invaden españoles, chilenos y argentinos, pero nosotros no somos capaces de internacionalizarnos. También podría ser que cambiara de aires y entrara al teatro de revista, para no descuidar una de mis facetas que es la actuación. Aunque no me case, dentro de algunos años voy a tener un hijo. Si es varón le voy a poner Yan Pier y si es mujercita Wendy. Sé que la sociedad repudia a las madres solteras pero he llegado a la conclusión de que la sociedad todo lo condena, hasta mi amistad con Iris que es una cosa tan natural. No me importa que lo publique porque sé lo que estoy diciendo. La vida me ha enseñado que todos los convencionalismos son una porquería y que para ser respetable primero hay que ser hipócrita. Lo mejor es hacer lo que a uno le dé la gana y no preocuparse por el qué dirán. Bueno, claro, dentro de ciertos límites, para no faltarse uno mismo al respeto. Por ejemplo, yo sé que si fumo mariguana estoy atentando contra mi salud o si me acuesto cada noche con un Fulano distinto me estoy prostituyendo, pero si lo único que hago es elegir mi destino libremente pues no me parece que haya nada malo en eso. Si alguien me dijera que es inmoral que una criatura no conozca a su padre yo le respondería de acuerdo, tú tienes tus valores morales y yo tengo los míos y sanseacabó. Y no crea que a mi niño le voy a contar la historia de que su papá se murió cuando él tenía seis meses de nacido en un accidente de carretera. Crecerá con la verdad, sabrá que su padre y su madre nunca se casaron, bueno, eso si no me caso porque ya ve que todo esto es un decir… Una cosa le aseguro: en cuanto acabe la Secundaria lo mando a estudiar al extranjero. Quiero que sepa inglés, francés y si se puede una lengua más, para que tenga el mundo en sus manos. Millonaria no soy, tendré que hacer sacrificios para costearle sus estudios, pero no me importa, con tal de que mi hijo se eduque en otro ambiente soy capaz de todo. Es que hoy en día quien no tiene título en el extranjero es un don nadie. Las universidades de aquí usted y yo las conocemos, hay algunas buenas pero no se comparan con las europeas o las americanas, y en la UNAM Dios me libre, hay huelgas cada tres meses, lo único que aprenden es a pintar paredes, por eso no salimos del subdesarrollo… Y a propósito, ¿usted en dónde estudió?… Bueno, la Facultad de Filosofía y Letras es de las pocas que se salvan porque tengo entendido que ahí sí hay buenos maestros… Y claro, si uno tiene ganas de estudiar en dondequiera aprende, así lo encierren en un calabozo… Me permite un segundo, voy a descongelar unas chuletas, no me tardo nada, mientras tanto sírvase las gotas de la felicidad... No, qué pena, en eso sí le voy a quedar mal, pero si gusta le puedo dar vermut... ¿Y cree que será suficiente con eso? Si usted quiere le sigo, ya ve que de que me sueltan la lengua... No, por mi parte creo que ya no tengo nada que agregar, bueno, sólo quisiera despedirme con un pensamiento para los lectores de *Farándula*. Queridos amigos, ¿han meditado que sólo nos separa de la eternidad un latido de corazón?... ¿A poco no está bonito?... No, no es mío, venía en la hoja del calendario pero me lo aprendí de memoria porque me impresionó muchísimo... Pues qué lástima que ya se va, de haber sabido compraba otra botella de güisqui... No hay de qué, al contrario, gracias a usted. Oiga ¿más o menos para cuándo calcula que salga la entrevista?... ¿Tanto tiempo? Cómo será, ya sáquela la semana quentra... Bueno, ni hablar, pues mucho gusto de haberlo conocido. Perdón, ¿cómo dijo que se llamaba?

XV

Arturo Dávalos abrió la puerta y un latigazo de claridad hirió los ojos arrasados en lágrimas de la quinceañera. Con la inoportuna luz entraron al cuarto los últimos ecos de la fiesta. Selene sollozaba, y al oír, mezcladas con el ruido del tocadiscos, las incoherencias de borracho que gritaba su padre, tuvo ganas de hacerse una mortaja con la sábana y enterrarse viva debajo del colchón.

—¿Que dice mi tía que qué te pasó?

—¡Nada!

No estaba de humor para dar explicaciones. Que las diera Everardo, el noviecito que le había vomitado el vestido mientras bailaban *Cerezo Rosa*. ¡Cómo pudo conseguirse un chambelán tan estúpido! Lo veía de rodillas, humillado, pidiendo perdón, cuando sintió una caricia en el nacimiento del cuello.

—¿Qué te pasa? —repitió Arturo.

Tenía la voz quebrada y su mano temblaba. ¿Por qué se ponía tan cariñoso de buenas a primeras? Sólo faltaba que también él estuviera tomado, como Everardo, su padre y todos los patanes de la vecindad. Mugrosos quince años. Y pensar que se había ilusionado tanto con los preparativos. Todavía estaba feliz al principio de la fiesta, cuando salió entre las nubes de hielo seco por detrás de los fregaderos, cuidándose de no pisar los charcos del patio, y agradeció con una genuflexión el aplauso de la concurrencia. Pero la rutina del cisne que despierta oyendo el *Danubio azul* resultó un desastre por culpa del tocadiscos, y a partir de entonces la fiesta se había ido en picada. La tinaja de las cubas tuvo más éxito que su peinado de salón. Los hombres no se apartaban de ella, temiendo que de un momento a otro se acabara el trago. Habían tomado su entrada en sociedad como pretexto para ponerse hasta las manitas. Como era de esperarse, muy pocos iban de traje. Algunos, en el colmo de la vulgaridad y el cinismo, se habían presentado con sus camisetas de futbolistas. Y ella, elegantísima en su vaporoso vestido blanco, del que se colgaban los infames hijos de la portera, hubiese querido correr a todo el mundo, borrar con una varita mágica tanta sucia y mediocre alegría. El círculo de hombres solos no se rompió por más que Agueda y su madre les rogaron que sacaran a bailar a las muchachas. Avergonzada de tener esos amigos, estuvo esperando cualquier pretexto para huir a su cuarto, aunque no uno tan poderoso como el que Everardo le dio. Y abajo seguía el jolgorio, prueba de que a nadie le importaban su rabia y su frustración... Bueno, casi a nadie. Arturo se había sentado en la cama y ahora, enternecido hasta la impertinencia, le frotaba la espalda en un masaje más sensual que afectuoso, más de novio que de primo.

—¿Por qué lloras, eh?

Selene ahuyentó la enfebrecida mano poniéndose bocarriba y señaló el perchero donde colgaba su vestido manchado de vómito.

—Le voy a romper la madre a ese hijo de la chingada —sentenció Arturo, golpéandose la palma con el puño en ademán justiciero.

Pero ella no sólo quería vengarse de Everardo, sino de toda la vociferante asamblea que se había confabulado para envilecer su cumpleaños. Necesitaba probarles, con un acto de rebeldía más eficaz que su temperamental huida, que ella no era parte de la tribu, que no compartía su mal gusto ni su empeño en afear la existencia.

—Everardo ya se largó. Mejor quédate, pero cierra la puerta. Estoy harta de tanto ruido.

Enseguida volvió a romper en llanto, esta vez fingido, para que Arturo se pusiera de nuevo en plan dulce y consolador. Lo normal en su primo era que se agarrara a puñetazos con quienes le faltaban al respeto, no que tuviera arrebatos de ternura, y menos todavía estando los dos a solas. Se comportaba como un hermano mayor, áspero y malhumorado hasta en sus demostraciones de cariño. Ahora, en cambio, parecía un hermano incestuoso, quizá porque Selene se había metido a la cama casi desnuda y eso lo espoleaba para consolarla con más audacia. Ella permitió que la estrechara entre sus brazos, que le besara el cuello y los hombros, pero se levantó sobresaltada cuando quiso invadir también la línea divisoria de sus senos adolescentes.

—Espérate, Arturo. ¿Qué te pasa? ¿Estás loco?

Las insinuaciones, las miradas, los celos de su primo, al fin tenían explicación: una explicación halagadora. Un "te quiero" habría desalentado a Selene al punto de salir del cuarto pidiendo auxilio. Pero Arturo había perdido el habla, y en su pantalón se alzaba una prueba de amor más eficaz que ningún desahogo sentimental. Volvió al ataque, ahora buscando los labios de Selene, que se defendía con negaciones retóricas (no, estáte quieto, déjame, no) tan falsas como sus anteriores sollozos. Una efervescencia de orgullo ascendía de su vientre a su pecho y para disfrutar más a fondo ese ultraje se desdobló entre la quinceañera que sentía y la que se veía sentir. Espectadora de su propia seducción, rechazaba con arañazos los embates de Arturo para que durara más, y mientras la piel se le iba llenando de alfileres ardientes, pensaba en el espectáculo miserable que había dejado en el patio de la vecindad, tan lejano ya, donde Agueda y su madre estarían dando explicaciones a los invitados (la nena se sintió indispuesta pero no tarda en regresar, ya fue Arturo a buscarla) sin imaginar que el cisne virginal y despechado estaba convirtiendo en furioso himeneo su fiesta de quince años.

—Por favor, Arturo, déjame, pueden subir.

Eso hubiera querido. Que se abriera la puerta y la encontraran con las piernas anudadas al talle de su primo, remolona todavía, pero atenazándolo para que no saliera nunca de ahí. Con una embestida montaraz Arturo abrió su botón de rosa, y aunque el dolor le desfiguró la boca bendijo la ruptura que la vengaba de Everardo, de su padre, del tocadiscos y de los hijos de la portera. Hizo el amor con Arturo, pero sobre todo contra ellos, tomando por asalto la única felicidad que no podían arrebatarle, y la satisfacción de hacerles daño contribuyó tanto como el placer físico a que su cuerpo ardiera como una luz de Bengala.

Cuando empezaban a disfrutar el celestial descanso de los amantes, atónitos aún de su propia temeridad, oyeron que alguien venía subiendo las escaleras. Arturo se levantó de un salto y recogió con precipitación la sábana donde habían quedado las huellas de sangre.

—Voy a esconderla debajo del fregadero.

Su prima no lo escuchó. Había corrido al baño para ocultar las cicatrices de su nueva, inseparable herida. Cuando Sebastián Sepúlveda entró a la vivienda, tras haberse detenido a cantar y escupir en la escalera, los encontró acostados en sus respectivas camas, todavía con el corazón galopante. Un tibio lazo de culpa los unía en la oscuridad. Perfeccionaron la comedia removiéndose como si la entrada del viejo les perturbara el sueño. Poco después oyeron los pasos de Agueda y doña Catalina, que se habían quedado ayudando a la portera a barrer el patio. El viejo aún tenía cuerda para rato, y desobedeciendo a su mujer, que le pedía que se callara para no despertar a los muchachos, farfulló una canción de José Alfredo con dedicatoria oblicua para Selene: *Si nos dejan, nos vamos a vivir a un mundo nuevo, si nos dejan, haremos con las nubes terciopelo...*

Al día siguiente Arturo no le dirigió la palabra. Parecía arrepentido, molesto consigo mismo, y ella creyó que la despreciaba por haberse rendido tan fácilmente. Su represalia fue reconciliarse con Everardo, que llegó esa misma tarde a pedirle perdón con un ramo de rosas. La guerra no declarada se prolongó durante quince días. Ni siquiera en la mesa declaraban tregua para pedirse la sal o las tortillas. Aunque se hubieran sentado juntos acudían siempre a otro comensal, y cuando sus miradas coincidían volteaban hacia otra pared como si hubieran visto gusanos o ratas. Notando la hostilidad entre los dos, doña Catalina dedujo que se habían peleado por alguna tontería (Selene se quejaba con frecuencia de que Arturo le robaba sus lápices de colores) y los obligó a darse un beso en señal de concordia.

—¿Verdad que se van a querer como dos hermanos?

Fue un beso torpe y desabrido, apenas un roce de mejillas, pero tan cargado de electricidad que funcionó como detonador para liberar su deseo. Doña Catalina logró un reencuentro mucho más afectuoso de lo que se imaginaba. Esa noche, mientras la familia dormía bajo el plácido sopor de las tres de la mañana, Arturo se deslizó hacia la cama de Selene, la zarandeó con suavidad y para que no gritara le puso una mano de tapabocas. ¡El descarado reclamaba un amor que no era capaz de refrendar a la luz del día! Selene le hizo notar su incongruencia con un sanguinario mordisco, pero no se quejó ni retiró el bozal. A golpes y empujones intentó derribarlo de la cama, pero Arturo se había sentado a horcajadas sobre sus muslos, como domador de potrancas bravas. Lo aborrecía por cobarde, hipócrita y abusivo. Sin embargo, ya fuera por miedo a despertar a sus padres, o porque en el fondo consideraba una victoria el regreso de Arturo, se quedó rígida y quieta como un peñasco, en actitud de mujer que se resigna a ser violada con tal de salvar el pellejo. Esa frialdad hirió más a Arturo que sus golpes y dentelladas. El seductor atrabancado se convirtió de pronto en un guiñapo que lloraba en su hombro. Se repitió la escena de la seducción, pero con intercambio de papeles. Ahora el llorón fue Arturo y ella la prima consoladora que secó sus lágrimas irradiando una luz interior que hubiera podido aclarar la noche. Arturo la quería. La quería tanto que se alejaba de ella para no perjudicarla con el escándalo que se desataría si sus padres los descubrieran.

Ya no le sorprendió que al amanecer fingiera de nuevo indiferencia. Eran las reglas del juego y más le valía obedecerlas. La familia hubiera considerado sus relaciones una desvergüenza, no tanto porque fueran primos hermanos, sino porque los años de convivencia pesaban en su contra. Presentarse como pareja significaría confesar un delito que doña Catalina castigaría enviando a Arturo de regreso a Torreón, de donde había venido a estudiar la Vocacional. Además, la clandestinidad y el engaño añadían a su amor un ingrediente voluptuoso que Selene no tardó en descubrir. El placer de la visita nocturna se duplicaba por el hecho de que alguien pudiera sorprenderlos en cualquier momento. Llegaron a creer que Agueda era su cómplice, porque les parecía increíble que durmiendo tan cerca no se despertara con sus jadeos. Hasta una pasión silente como la suya necesitaba pequeñas efusiones, y con el tiempo, seguros de que la suerte los protegería mientras más audacia tuvieran, mandaron la precaución al diablo y ya no se molestaron en reprimirlas. Cada noche, Arturo encontraba en la cama de su prima una mujer distinta: muslos mejor torneados, inesperados relieves en el pecho, carne renovada en esplendor floreciente. El amor la moldeaba. Cumpliendo un pacto sobreentendido, se trataban durante el día con lejana cordialidad. Ni cuando los dejaban solos hablaban de amor. La suya era una pasión de tecolotes, muda por timidez, que habría desfallecido al menor embate de su conciencia diurna.

Doña Catalina creía que Arturo estaba madurando, pues ahora se había vuelto complaciente con Everardo, que antes era su peor enemigo. Ya no se extralimitaba en su papel de primo celoso. Al fin había comprendido que la muchacha tenía derecho a echar novio. Si la encontraba besuqueándose con Everardo en el zaguán de la vecindad, saludaba a su rival con una desdeñosa palmada en el hombro. Lo más conveniente para él era que Selene mantuviera noviazgos inofensivos, y por eso, cuando Everardo y ella reñían, se ofrecía como mediador y no cejaba en su empeño hasta lograr la reconciliación. Llegó a escribir, por encargo de Everardo, cartitas de amor con frases en clave que aludían a los encuentros nocturnos con su prima. Cómplice despiadada en las tomaduras de pelo, Selene integraba esas cartas al callado poema de sus noches con Arturo, y sólo hubiera querido, para burlarse mejor de Everardo, que algún día supiera cómo, dónde y con cuánta vocación lo engañaban.

La falta de sueño repercutió desfavorablemente en los estudios de Arturo. A los 20 años, reprobado en la Vocacional, consiguió empleo en un despacho de ingenieros como auxiliar de contabilidad. Iba de traje a la oficina, cosa que subyugó a Selene, pues uno de sus más caros anhelos era ser esposa de un ejecutivo. Sentía que le faltaba poco para lograrlo. Si Arturo conquistaba la independencia económica, podrían irse a vivir juntos y afrontar el escándalo. Teniendo billetes, qué les importaban los gritos de la familia. Más tarde, cuando su amor ya era un pájaro muerto, se arrepentiría de no haber confiado sus proyectos a Arturo y de haberlo perdido por no exigirle nunca un compromiso, una definición.

El día de su desengaño había invitado a cenar a Everardo. Lo invitaba con frecuencia, porque así podía estrechar la mano de Arturo por debajo del mantel enfrente de sus narices. Lo estaba haciendo cuando tocaron a la puerta. Eran golpes impacientes, como de perseguido. La familia interrumpió una conversación monosilábica. Agueda abrió.

—Quiero hablar con los padres de un tal Arturo Dávalos —dijo un hombre con acento jarocho.

—Yo soy, ¿pa qué me quiere? —Arturo soltó la mano de Selene.

—Yo pa nada, cabrón, pero mija pa que te cases con ella.

La feliz agraviada trabajaba en el despacho de ingenieros y tenía dos meses de embarazo. Doña Catalina se encargó, primero, de la defensa de Arturo, y después —cuando vio que la causa estaba perdida— negoció las condiciones del matrimonio. Su sobrino tenía palabra, no dejaría a la muchacha sola con el paquete. Por la buena se podía resolver todo, salían sobrando las amenazas. La boda tenía que ser lo más pronto posible, para disimular el estado de la chamaca. Mejor que guardara la pistola, entre personas honradas no la necesitaba. Arturo tenía la piel amarilla y estrujaba una servilleta sin atreverse a levantar la cabeza por miedo a encontrar la mirada de su futuro suegro o la de Selene, que oía dentro de su alma un ruido de cristales rotos.

Más que la infidelidad, le dolía la actitud resignada y cobarde con que Arturo se dejaba castrar. Parecía domesticado para ser un perfecto marido. En silencio permitió que fijaran la fecha de su casamiento, en silencio se dejó acordonar la vida con un alambre de púas y en silencio escuchó los regaños de Catalina cuando el padre ofendido salió de la casa con el semblante satisfecho de quien ha realizado un estupendo negocio. Selene tuvo que morderse los labios para no gritarle maricón. Tanta mansedumbre le repugnaba, y no por despecho: sabía que Arturo, en una elección libre, la preferiría sobre su rival, por inseminada que estuviera. Lo que destruía su confianza en la voluntad humana era observar cómo, por una mezcla de indolencia y estupidez, la gente perdía su derecho a elegir. Allá iba Arturo, mansamente y con el cencerro al cuello, hacia el establo de la desdicha y el fracaso. Dormiría el resto de su vida junto a un error. Y ella, incompleta como una baraja sin corazones, se quedaría en la mesa de juego mandando besos al aire, palpando un cuerpo invisible y huidizo en espera del hombre equivocado, el que había nacido para otra mujer pero cerraría en sus brazos el círculo del desamor.

Esa misma noche, sabiendo que Arturo no podía estar dormido aunque tuviera los ojos cerrados, fue a buscarlo a su lecho de insomne, se detuvo un momento para oler sus cabellos por última vez y le susurró al oído una letal despedida:

—Felicidades. Vas a casarte con una pendeja que no te quiere.

Al día siguiente cortó a Everardo.

* * *

—Tu tío Casimiro nunca va a volver de Guadalajara, ya es hora de que lo sepas. No te lo quieren decir porque vas a chillar, pero se mató en un accidente de carretera.

Hilda, la maléfica vecinita de Selene, mostró su dentadura chimuela en una sonrisa de triunfo. Con esa puñalada trapera ganó una disputa que Selene había provocado por no querer prestarle sus patines.

—No te quedan porque además de fea eres enana y tienes el pie muy chico.

Hilda quería descuartizarla, pero el tamaño de la patinadora le inspiraba respeto y prefirió involucrar a su hermano de 1.80 en un duelo de sombras que el valedor de Selene, Casimiro Sepúlveda, no podría ganar desde ultratumba.

—¡No es cierto, mentirosa, cállate, no es cierto! ¿Verdad, mamá, que mi tío está en Guadalajara? ¿Verdad que no se ha muerto?

Su madre se asomó por la ventana de la cocina, miró a Selene con el rostro desencajado, le dijo que subiera a hacer la tarea y se enjugó una lágrima con el delantal.

—¿Ya ves cómo sí era cierto?

Sus tardes de patinaje se nublaron de nostalgia durante los días que siguieron a esa revelación brutal. No podía salir sin ver a Casimiro en todas partes. El patio de la vecindad estaba tan impregnado de su recuerdo como la calle donde se jugaba un partido de futbol interminable. Casimiro visitaba a su madre todas las tardes, al salir del entrenamiento, pero los niños de la cuadra, orgullosos de conocer en persona al extremo derecho del Atlante, no lo dejaban tranquilo si antes no jugaba una cascarita con ellos. La pelota volaba a sus pies como atraída por un imán. Con un quiebre de cintura dejaba viendo visiones a sus adversarios, caracoleaba como Garrincha en un palmo de banqueta, hacía una finta para sacar de balance al portero y mandaba un trallazo al ángulo superior derecho de la coladera. No contentos con obligarlo a impartir esa cátedra, todavía le suplicaban que diera una exhibición de dominadas. Golpeaba el balón con pies, muslos y cabeza hasta aburrirse de su genialidad, y al final del espectáculo, disciplinaba su tupido cabello negro con un refulgente peine de carey. El peine entusiasmaba más a Selene que sus proezas de futbolista. Era un sol de bolsillo, un objeto mágico y deslumbrador con el que se ponía más guapo de lo que ya era. Cuando su club de admiradores le concedía un respiro se le colgaba del cuello y exigía que la llevara cargando hasta la puerta donde Catalina lo esperaba con un vaso de limonada. Se dejaba llevar en brazos de Casimiro porque el pecho le olía a merengue y estaba enamorada de sus ojos negros, que según toda la familia ella había heredado. A su padre —gordo, inoloro, calvo, gris— le negaba siempre ese privilegio, alegando que ya no era una bebita. La deliciosa estancia en brazos de Casimiro duraba apenas un minuto, porque su madre quería tener al atlantista para ella sola y la mandaba a jugar al patio con el pretexto de que no debía entrometerse en las charlas de los mayores.

—Pero es que ya me cansé de jugar.

—Pues cánsate ahí afuera —y de un portazo ponía fin a la discusión.

Indignada, celosa, odiando la dictadura de los adultos, subía a ventilar su desilusión a la azotea, donde se torturaba mirando las torres del castillo de Chapultepec. Su magnificencia, comparada con el tétrico bosque de antenas y jaulas de tender, le inspiraba un sentimiento de autocompasión. Era la Cenicienta, pero sin hada madrina que la sacara del purgatorio. Y su príncipe azulgrana, veinte años mayor, le hacía menos caso que a la pelota. Hubiera querido ser niño para jugar futbol con él, o crecer noventa centímetros de golpe y que su madre se achaparrara. Entonces le ordenaría que no estuviera molestando, que se fuera a ver si había puesto la marrana, y hundiría la nariz en la camiseta sudada de Casimiro hasta el fin de la eternidad.

Al anochecer Catalina le gritaba que bajara a merendar. En represalia por los agravios del día y el acaparamiento de Casimiro, Selene fingía sordera escondida tras un tinaco. No se movía de ahí hasta que su madre iba por ella y la traía de una oreja.

Hacer rabiar a mamá era su pasatiempo favorito, pero a veces Catalina se enojaba sin que le diera motivo. Un día creyó que se había vuelto loca o de plano era mala como las brujas de los cuentos de Cachirulo. Estaba haciendo la tarea recostada en la cama de sus padres porque Agueda usaba la mesa para sus ejercicios de mecanografía. Le habían dejado dibujar un toro. Con el crayón negro pintó las patas, el lomo negro y ondulante, la cola bailarina con moscas alrededor. Los toros tenían cola porque la necesitaban para espantarse las moscas, ¿o si no para qué la querían? Le faltaba dibujar los cuernos, que no podían ir del mismo color. Buscó el amarillo en el estuche de crayones. ¿Dónde estaba? Sobre la cama, no. Debajo de la almohada tampoco. Siempre se le perdía el color que necesitaba. Palpando la colcha descubrió que había algo entre las sábanas. Alzó la cobija, se metió a explorar en las entrañas de la cama y encontró un objeto rectangular, liso, agradable al tacto. Era el peine de su tío Casimiro. ¡Qué le importaba el crayón teniendo ese tesoro en las manos! Lo estuvo contemplando largo rato, encandilada con los reflejos del carey. Iba a peinarse con él cuando su madre se lo arrebató de un zarpazo. Cruzaron una mirada de perplejidad y odio reconcentrado. Selene se sintió como una mariposa traspasada por un alfiler. ¿Qué había hecho? Con el pulso tembloroso, Catalina guardó el peine en el delantal.

—¡Mira nomás cómo te pusiste las manos!

Y le dio una paliza por haberse manchado con los crayones.

* * *

—Le aseguro que ya se sabe comportar, mire nada más qué grandota está —insistió Catalina.

Pero el boletero se mantuvo en sus trece y no pudieron entrar al cine. Destrozada por la injusticia, Agueda maldijo su suerte alternando alaridos con gimoteos: había luchado y suplicado para que la llevaran a ver *Marcelino, pan y vino*, ella no tenía la culpa de que Selene llorara en las películas, bastante se sacrificaba por la bebita cuidándola todas las tardes...

—Cállate ya, otro día vendremos tú y yo solas —le prometió Catalina, pero Agueda estaba en vena trágica y no dejó de rezongar hasta que llegaron a la vecindad. Sus lamentos, aunados a la molestia de cargar a Selene más de seis cuadras, calentaron los nervios de Catalina para el estallido que se produjo cuando abrió la puerta de su casa y la encontró convertida en un refugio de malvivientes.

Los habituales de La Casquivana, con su marido como anfitrión, se habían reunido a jugar dominó y a escuchar por radio la transmisión del juego de futbol donde Casimiro debutaba con los potros de hierro. Triunfador vicario, Sebastián presumía como propios los éxitos de su hermano, y ahora que por fin era titular no había resistido la tentación de festejarlo en grupo, aprovechando la ausencia de Catalina, que le tenía prohibido meter "amigotes" en la casa.

—¿No que ibas al cine con los niños? —dijo a guisa de disculpa, y pretendió continuar la partida como si no tuviera nada que temer. La respuesta de Catalina fue desconectar el radio. A continuación recogió las fichas de dominó, confiscó las cervezas y procedió a entregar a los invitados los sacos y chamarras que habían dejado sobre la cama. Impertérrita en su demostración de poder, abrió las ventanas para ventilar sus dominios y la puerta para correr a los contaminantes amigos de Sebastián, que se guarecía del ridículo clavando la vista en el suelo. Defraudados por su anfitrión, de quien esperaban un contraataque machista, los casquivanos despejaron el terreno con cara de conspiradores descubiertos. Viendo el desfile de verrugas, bigotes y cabezas calvas, Selene pensó que su padre se había multiplicado por ocho. Águeda sabía que se avecinaba una bronca y salió detrás de los expulsados llevándose a su hermanita. Desde el patio sólo alcanzaron a oír palabras inconexas, todas gritadas por su madre.

—Alcohólicos... irresponsables... hijas... pobre diablo... esclava.

Hasta entonces el pleito transcurría dentro de lo normal. Pero al oír alaridos y ruido de vidrios rotos, Águeda presintió una desgracia y corrió escaleras arriba para tratar de evitarla. Temiendo por la vida de su padre, se quedó boquiabierta al verlo machacando a sartenazos la espalda de Catalina, que se protegía la cabeza con las manos ovillada en un rincón de la sala.

—¡Pídeme perdón o te mato, hija de la chingada! —exigía, pero si Catalina musitaba una excusa le cerraba la boca a puntapiés. Los vecinos se aproximaron a ver el espectáculo por una de las ventanas que la víctima había abierto de par en par. Fingiendo sincera preocupación, disfrutaban cada insulto, cada puñetazo, cada gota de sangre. En brazos de Agueda, Selene sólo presenció la primera parte de la golpiza, porque su hermana le tapó los ojos y se los tapó ella misma para no sufrir. En vano Selene trató de quitarse el molesto, inoportuno antifaz. Recobró la vista cuando su madre ya tenía un esparadrapo en la frente y recibía, cabizbaja, los auxilios de una comadre. Apoyado en la radioconsola, Sebastián lloraba de emoción y arrepentimiento. El Atlante iba ganando uno a cero, con gol del novato Casimiro Sepúlveda.

* * *

—NO ES NADA —el médico acarició las mejillas de Selene—, sólo alcanzó a mojarse los labios con el aguarrás, pero tenga cuidado: esta niña tiene vocación de suicida.

A partir de entonces Catalina fue menos descuidada con las cosas que dejaba en el suelo. Un segundo más y la niña se hubiera bebido el solvente guardado en la botella de cocacola. Seguía viva gracias a su hermana. Mientras Agueda fregaba los trastes parada de puntas porque apenas alcanzaba el chorro de agua, Catalina conversaba animadamente con Casimiro. No tenía ojos para nadie cuando estaba con él. Selene gateaba por toda la casa libre de vigilancia. En una de sus incursiones por debajo del armario encontró la botella, le quitó el improvisado tapón de papel periódico y balbuceó un brindis que hizo voltear a su hermana mayor, interrumpir el lavado de una cazuela y saltar justo a tiempo para quitarle la muerte de los labios.

No era el primer accidente de Selene. Ya se había descalabrado una vez, por saltar de la cuna sin vuelo suficiente para caer en la cama de sus padres. Catalina pensaba que de grande sería cirquera o atleta olímpica. Perseguirla en su diario trajín era una tarea superior a sus fuerzas. Gateaba en círculos durante horas como un conejo enjaulado, subía y bajaba del sofá, daba volteretas hasta marearse y marear a quienes la veían.

A los seis meses de nacida la llevaron al campo. Bien abrigada, para que no se resfriara con el aire de La Marquesa. Lloró todo el camino. Casimiro aborrecía sus gemidos de muñeca inflable y encendió su radio portátil para contrarrestarlos con música tropical. Selene llevaba demasiada ropa encima como para soportar sin lágrimas el calor sofocante del autobús. En Cuajimalpa se bajaron a comer quesadillas. A la niña no le gustaron y lloró más fuerte. Si Catalina lo hubiera permitido, su padre le habría pegado porque estaba crudo y el llanto le taladraba la oreja. Un penetrante olor a estiércol les indicó que habían llegado a La Marquesa. Catalina puso un mantel sobre la hierba, Sebastián abrió la botella de ron y Casimiro destapó los refrescos con los dientes. Selene sólo dejó de llorar cuando un rebaño de chivos pasó junto a ella. Con el repentino silencio, los mayores recordaron que no habían hablado desde que salieron de México.

—Igualita que su padre —dijo Casimiro.
—Pero la nariz es de Catalina —corrigió Sebastián.

El rostro de Selene era tan indescifrable como un puño cerrado. Dormida en el regazo materno parecía un anciano en miniatura. Fruncía el ceño y se tapaba los ojos con sus manecillas de rana porque le molestaba la luz.

—¿Verdad que luego se desarruga? —preguntó Agueda, que no podía ocultar su repugnancia. Para ella no se asemejaba a ningún ser humano, menos aún a los miembros de la familia.

Cada media hora una enfermera tomaba el pulso a Catalina. Era la misma que la había cuidado en su primer parto. Muy simpática para ser del ISSSTE. A Catalina le apenaba estar de nuevo en la clínica después de haber jurado que no tendría más hijos. El segundo embarazo nunca estuvo en sus planes. Ahora debía sonreír con la equivocación en los brazos.

Casimiro y su hermano hojeaban revistas en la sala de espera. El piso olía a desinfectante. A Sebastián le tenía sin cuidado que fuera niño o niña. Más que su nueva responsabilidad, le pesaba no recordar cómo y en qué circunstancias había engendrado a la criatura. Procuraba no tocar a Catalina los días de alto riesgo, pero solía descuidarse bajo los efectos del alcohol. Merecido se lo tenía por andar en la borrachera. Fumaba copiosamente para disminuir la tensión. De vez en cuando hacía comentarios sobre el clima o elogiaba las piernas de las afanadoras. Casimiro también estaba nervioso, a juzgar por la manera como relamía su bigotito de adolescente. Cada vez que rechinaba la puerta del quirófano se levantaban con la esperanza de ver al médico. Si todo marchaba bien, Catalina no tardaría en salir. Y todo salió perfecto. Momentos después vino hacia ellos una sonriente enfermera que llevaba un bulto en los brazos.

—¿Quién es el papá?

Ruborizado, Casimiro señaló a Sebastián, que se levantó a conocer el fruto de su laguna mental.